Lisa und die Pferde

Pia Hagmar

Ein Pferd für Lisa

Aus dem Schwedischen von Dagmar Lendt

KOSMOS

Umschlaggestaltung von Friedhelm Steinen-Broo, eStudio Calamar unter Verwendung eines Fotos von Horst Streitferdt, Böblingen.
Aus dem Schwedischen übersetzt von Dagmar Lendt, Berlin.

Titel der schwedischen Originalausgabe: Klaras vintersorg.

Erstausgabe bei B.Wahlströms Bokförlag AB 1999.
Published by agreement with B.Wahlströms Bokförlag AB, Sweden.

In dieser Reihe sind außerdem bei Kosmos erschienen:
Lisas Traum 3-440-08801-4
Lisa Andersson, Pferdebesitzerin 3-440-08803-0
Weitere Bände folgen.

Dieses Buch folgt den Regeln der neuen Rechtschreibung.

Die Deutsche Bibliothek – CIP-Einheitsaufnahme:
Ein Titelsatz für diese Publikation ist bei der Deutschen Bibliothek erhältlich.

ISBN 3-440-08802-2
Printed in Czech Republic/Imprimé en République tchèque
Satz: Hahn Medien GmbH, Kornwestheim
Herstellung: Finidr s.r.o., Český Těšín

Für Larsgunnar.
Weil du mich glücklich machst.

1

Es sieht aus wie in einem meiner Träume, einem der allerschönsten. Der Schnee ist vollkommen unberührt, er liegt wie eine flauschige weiße Decke auf den Hügeln. Weit entfernt schimmern die Berggipfel in einem blassen Blau. Eine große Eiche reckt ihre kahlen schwarzen Zweige zum Himmel, und darunter stehen die Pferde. Es ist eine ganze Herde. Schwarze, braune, zwei kupferrote und ein grauweißes. Sie stehen völlig unbeweglich. Wie Statuen aus Eis, am Boden festgefroren. Wachsam, neugierig und misstrauisch. Lange Beine, lange Hälse. Ihre Köpfe sind in unsere Richtung gedreht, die Ohren gespitzt.

Mama und ich steigen aus dem Auto und gehen zum Zaun. Atemlos stehen wir einfach nur da und genießen den Anblick. Er ist unglaublich schön. Wer hätte gedacht, dass gewöhnliche Reitschulpferde plötzlich aussehen können wie Märchenwesen? Lange stehen wir so da, unbeweglich und stumm. Die Pferde sehen uns an, wir sehen sie an. Die Zeit steht still.

Aber auf einmal schnaubt eines der Pferde und schüttelt den Kopf. Das ist das Signal. Die ganze Herde setzt sich in Bewegung und läuft auf uns zu. Die Mähnen flattern und die langen Schweife wehen. Die Hufe berühren kaum den Boden; es sieht aus, als würden sie fliegen. Leicht, geschmeidig, voll unbändiger Kraft. Unmittelbar vor uns kommt der Leithengst zum Stehen. Groß und schwarz bäumt er sich vor uns auf. Es ist der träge Mumrik, der in den Reitstunden der Erwachsenen an der Spitze geht, aber in diesem

Moment sieht er eher aus wie ein wilder Hengst in einem Abenteuerfilm. Das Weiße in seinen Augen leuchtet und aus seinen Nüstern kommt weißer Dampf. Für einen Augenblick treffen sich unsere Blicke. Dann wirft er sich plötzlich herum und läuft davon. Die anderen Pferde folgen ihm. Die ganze Herde galoppiert am Zaun entlang, wie dunkle Schatten vor dem weißen Schnee. Sie nehmen Kurs auf einen Hügel und verschwinden auf der anderen Seite. Schwächer und schwächer wird das dumpfe Geräusch der Hufe.

»Ach, war das schön. Was, Lisa?«, flüstert Mama neben mir.

Meine Mutter hat viele Fehler. Beispielsweise den, dass sie Aufräumen hasst, aber mir andauernd in den Ohren liegt, dass ich es tun soll. Oder dass sie oft bis spät in die Nacht schreibt. Am nächsten Tag ist sie dann schlecht gelaunt, als wäre es meine Schuld, dass sie müde ist. Außerdem hört sie nicht auf, sich über meinen Vater und seine neue Frau Elisabeth aufzuregen. Ganz egal, was sie auch machen, sie sind sowieso egoistisch, unverantwortlich, naiv oder schlichtweg dumm. Aber wenigstens gehört sie nicht zu der Sorte Mütter, die Pferde für abscheuliche Tiere halten, denen man besser aus dem Weg geht. Darüber bin ich wirklich froh.

Mama weigert sich nie, das Auto anzuhalten, wenn ich ein Pferd auf einer Weide sehe, und sie bezahlt bereitwillig meinen wöchentlichen Reitunterricht. Manchmal mietet sie sogar zwei Pferde aus der Reitschule, damit wir zusammen ausreiten können. Ich kenne niemanden sonst, der eine Mutter hat, die reiten kann. Als sie jung war, hat sie sogar an

Turnieren teilgenommen. Aber nachdem ich geboren war, ist sie nur noch hin und wieder geritten.

»Ich hatte genug damit zu tun, eine perfekte Hausfrau zu sein«, sagt sie mit dieser knochentrockenen Stimme, die sie nur hat, wenn sie an meinen Vater denkt.

Und das sind nicht gerade freundliche Gedanken. Ich glaube, sie wird es Papa nie verzeihen, dass er Elisabeth kennen gelernt hat und zu ihr gezogen ist, anstatt bei uns zu bleiben. Es war schrecklich, als das passiert ist vor zweieinhalb Jahren, damals war ich gerade zehn geworden.

Erst hatten Mama und Papa wochenlang Krach miteinander. Jede Nacht bin ich von ihren lauten, wütenden Stimmen aufgewacht. Dann zog Papa aus, und da konnte ich nicht schlafen, weil Mama die ganze Nacht heulte. Aber das ist jetzt schon so lange her, dass ich finde, sie sollte langsam darüber hinweg sein, so wie ich auch.

Als ich im Herbst mit dem Reitunterricht anfangen durfte, hat Mama auch wieder mit dem Reiten begonnen. Anscheinend macht es ihr genauso viel Spaß wie mir. Jetzt bin ich schon seit über einer Woche nicht mehr geritten, seit den Turnierwettspielen vor Weihnachten. Aber ich gehe jeden zweiten Tag in die Reitschule, um Sigge zu versorgen. Meistens fahre ich mit dem Bus zum Stall. Aber manchmal fährt Mama mich auch, so wie heute.

Als die Pferde hinter dem Hügel verschwunden sind, steigen wir wieder ins Auto und schliddern die vereiste Straße hinauf zum Reiterhof. Die Pferde sind schon da. Dampfend stehen sie am Gatter und scharren ungeduldig mit den Hufen, weil sie auf ihren Hafer warten. Im Paddock nebenan stehen die Ponys, die jetzt ihr langes Winterfell tragen. Ich laufe sofort zu ihnen. Ganz hinten, ein bisschen abgesondert, steht Sigge.

Die welligen Stirnhaare fallen wie ein Schleier über seine schelmischen Augen und seine Blesse. Der Schweif ist so lang, dass er fast im Schnee schleift. Als ich ihn rufe, hebt er den Kopf und spitzt gespannt die Ohren. Aber erst als ich mit einer Karotte winke, kommt er zu mir. Gierig verputzt er die Karotte und stupst mich an, weil er mehr haben will. Sein Maul ist klein und weich. Ich kraule ihm die Stirn. Das mag er gern.

Ich kann es immer noch kaum glauben, dass ich wirklich sein Pferdemädchen sein darf. Wo ich doch erst seit einem halben Jahr reite und immer noch eine jämmerliche Anfängerin bin. Pferdepfleger können sonst nur die werden, die schon ewig im Stall herumhängen. Gleich nach Pferdebesitzer ist Pferdepfleger das Beste, was man auf einem Reiterhof sein kann.

Manchmal bilde ich mir ein, dass Maggan, unsere Reitlehrerin, in mir ein ungewöhnlich viel versprechendes Reittalent entdeckt hat. Aber im Grunde glaube ich, dass Maggan mich nur deswegen Pferdepflegerin hat werden lassen, weil sie und Mama sich so gut verstehen. Nicht, dass es eine Rolle spielen würde. Die Hauptsache ist, dass ich mich fast ganz alleine um Sigge kümmern darf.

Jedes Pferd in der Reitschule hat mindestens zwei Betreuer, die sich die Verantwortung teilen. Das ist ganz in Ordnung so, denn es wäre ziemlich anstrengend, jeden Tag zum Stall zu fahren. Aber ich glaube, ich würde auch das schaffen. So viele Jahre lang habe ich mich danach gesehnt, reiten zu lernen und ein eigenes Pferd zu haben, das ich versorgen kann. Aber erst als wir nach Hallondalen gezogen sind, durfte ich Reitunterricht nehmen. Wo wir vorher wohnten, gab es keine richtige Reitschule. Nur einen Hof mit alten Trabpferden, und da ließ Mama mich nicht reiten.

Nach der Scheidung hatten Mama und ich nicht genug Geld, um in dem Reihenhaus zu bleiben, das Mama und Papa gekauft hatten, als ich geboren wurde. Deshalb zogen wir in eine Mietwohnung. Am Anfang hasste ich die Wohnung, doch nach einer Weile fühlte ich mich dort richtig zu Hause. Aber vor einem halben Jahr hat Mama ihren Job verloren, und da konnten wir uns auch die Wohnung nicht mehr leisten. Es war eine ziemlich schlimme Zeit, bis Mama eine neue Arbeit in einer anderen Stadt fand und wir nach Hallondalen gezogen sind.

Hallondalen, »Himbeertal«. Keine Ahnung, warum der Ort so heißt. Vielleicht wachsen hier im Sommer eine Menge Himbeeren. Ich weiß es nicht, weil wir letzten Sommer noch nicht hier gewohnt haben. Mama und ich sind hierher gezogen, kurz bevor im Herbst die Schule anfing. Jetzt wohnen wir in einem großen roten Haus, das wie eine alte Schule aussieht. Das ist Lasses Haus. Er ist auch geschieden. Als seine Frau auszog und die Kinder mitnahm, hat er das Haus in zwei Wohnungen aufgeteilt und eine davon an uns vermietet. Inzwischen habe ich den Verdacht, dass Mama und Lasse dabei sind, sich ineinander zu verlieben. Einmal habe ich gesehen, wie sie sich geküsst haben. Aber Mama hat nichts darüber gesagt, und ich traue mich nicht, sie zu fragen. Ich will sie nicht unnötig auf Ideen bringen. Denn Lasse ist zwar ganz nett, aber ich finde, dass es Mama und mir sehr gut geht, so wie es jetzt ist.

»Hast du Lust, heute auszureiten, Lisa?«, sagt Mama hinter mir. »Ich habe Maggan gefragt, ob sie ein Pferd hat, das bewegt werden muss, und sie meinte, du kannst dir auch gerne Sigge ein Stündchen nehmen.«

Was für eine Frage! Ich habe immer Lust zu reiten. Mein Traum ist es, *richtig* reiten zu lernen. Nicht nur durch den Wald zu traben und vielleicht mal in der Reithalle über ein paar Hindernisse zu springen, was den meisten Reitschülern offenbar genügt. Nein, ich will lernen, gut zu reiten, richtig gut. Wenn ich Pferdewettkämpfe im Fernsehen sehe, habe ich ein sehnsüchtiges Ziehen im Bauch. Das alles will ich auch können. Dahinschweben mit Passage und Piaffe und in fliegendem Galoppwechsel, in perfekter Balance riesige Hindernisse überspringen. Aber bisher schaffe ich nicht mal eine ordentliche Galopphaltung. Ich habe nur selten Gelegenheit, es zu üben, weil Sigge so lebhaft ist. Er braucht nur zu hören, dass Maggan »Galopp« sagt, und schon ist er nicht mehr zu halten.

Sigge hat das Halfter schon um, ich brauche nur noch die Leine zu holen und ihn in den Stall zu führen. Weil er sich im Schnee gewälzt hat, ist er ganz sauber, aber ich striegle ihn trotzdem ausgiebig, bevor ich ihm Sattel und Zaumzeug anlege. Mama steht mit ihrem Pferd schon auf dem Hof und wartet, als ich mit Sigge herauskomme. Sie verplempert wirklich keine unnötige Zeit mit Striegeln. Ich habe gesehen, dass sie die Pferde meistens nur kurz mit der Wurzelbürste abputzt.

Ich schaffe es gleich beim ersten Versuch, in den Sattel zu kommen. Das ist ein Wunder, weil Sigge sich weigert stillzustehen. Er dreht sich im Kreis und schert sich nicht die

Bohne darum, dass ich ihn zurechtweise. Nicht einmal dann, als ich im Sattel sitze, kriege ich ihn zum Stehen. Unaufhörlich trippelt er hierhin und dorthin, zum Bersten voller Energie.

Maggan steht in der Stalltür und winkt, als wir losreiten.

»Seid vorsichtig!«, ruft sie. »Sigge ist noch lebhafter als sonst, weil ihn die ganze Woche niemand geritten hat.«

»Keine Sorge, wir lassen es ganz gemütlich angehen«, ruft Mama zurück.

Sie hat leicht reden. Ihr großes braunes Pferd trottet seelenruhig mit langen Zügeln voran. Aber Sigge trippelt ungeduldig, sobald ich ihm auch nur ein kleines bisschen mehr Zügel gebe. Er wirft den Kopf hin und her, dass ich das Gefühl habe, er könnte jederzeit explodieren. Obwohl der Weg schmal ist, versucht er sich an Mamas Pferd vorbeizudrängeln. Ich muss die Zügel fest anziehen, um ihn an seinem Platz zu halten. Keine einzige Sekunde darf ich nachlassen. Sicherheitshalber kralle ich meine Finger in Sigges lange Mähne. Wenn es ihm einfallen sollte loszurennen, habe ich jedenfalls etwas, woran ich mich festhalten kann. Schon nach wenigen hundert Metern ist Sigge schweißnass am Hals von all seinem unsinnigen Herumzappeln. Mama wirft einen Blick über ihre Schulter zurück und sieht, wie ich mit ihm kämpfe.

»Er ist wirklich völlig überdreht«, sagt sie besorgt. »Glaubst du, dass du mit ihm fertig wirst?«

Ich nicke nachdrücklich, obwohl ich überhaupt nicht überzeugt davon bin. Aber auch wenn ich mich ein wenig ängstlich fühle, will ich es ihr auf keinen Fall zeigen. Sonst kommt sie vielleicht noch auf die Idee, zum Stall zurückzukehren, und ich will reiten, obwohl es in meinem Bauch vor Aufregung kribbelt. Wenn ich jemals lernen will, ordentlich zu reiten, dann muss ich üben. Eine andere Möglichkeit gibt es nicht.

»Er muss sich wohl nur ein bisschen austoben«, sagt Mama. »Dort drüben ist eine Wiese, sie ist ganz eben und sieht gut aus. Traust du dich zu galoppieren?«

Mir ist ganz schlecht vor Angst. Ich bin zwar schon mit Sigge Galopp geritten, ziemlich oft sogar. Aber noch nie, wenn er so wild war wie heute. Meine Fantasie geht mit mir durch: Was, wenn er mich abwirft und zum Stall zurückrennt? Oder geradewegs in den Wald prescht, so dass ich mir den Kopf an einem dicken Ast stoße und eine Gehirnerschütterung kriege? Erst letzte Woche habe ich in der Zeitung von einem solchen Unfall gelesen. Aber Mama scheint sich keine Sorgen zu machen, dass mir etwas in dieser Art passieren könnte, obwohl sie Journalistin ist und genau solche Artikel für die Zeitung schreibt. Ich glaube sogar, sie hat die Meldung über den Reitunfall geschrieben.

Der Schnee liegt weiß und unberührt auf der Wiese, die zwischen den Bäumen hervorschimmert. Als wir sie erreicht haben, beginnt Mama langsam an der einen Seite der Wiese entlangzutraben. Ich folge ihr und zwinge Sigge, mit der Nase am Schweif von Mamas Pferd zu bleiben, damit er sich nicht vorbeidrängeln kann. Sigge benimmt sich kein bisschen besser, jetzt, wo er traben darf. Er ist richtig elektrisch vor lauter Energie, die er in den Weihnachtsferien aufgeladen hat.

»Mach dich bereit, Lisa, jetzt galoppieren wir!«, ruft Mama und lenkt ihr Pferd Richtung Wiesenmitte.

Aber es ist nicht leicht, bereit zu sein, wenn man nicht weiß, was passiert. Als Mamas Pferd schneller wird, kriegt Sigge einen Knall. Er macht einen Riesensatz in die Luft, reißt mir die Zügel aus den Händen und senkt den Kopf zwischen die Vorderbeine. Gleichzeitig keilt er mehrmals nach hinten aus. Ich komme mir vor, als würde ich auf einem Rodeo-Mustang sitzen. Bäume und Schnee und Himmel wirbeln durcheinander. Alles geht so schnell, dass ich nicht mal Zeit habe, Angst zu kriegen. Ich habe alle Hände voll damit zu tun, mich auf Sigges Rücken zu halten. Verzweifelt klammere ich mich an der Mähne fest, während Sigge noch mindestens zehn Bocksprünge macht. Dann entdeckt er plötzlich, dass Mamas Pferd inzwischen schon fünfzig Meter entfernt ist. Mit einem Satz stürmt er los und es ist das reinste Wunder, dass ich mit einem Plumps im Sattel lande anstatt auf der Erde. Aber damit ist die Gefahr noch lange nicht vorbei.

Die Zügel baumeln lose herum und ich habe eine Mordsangst, dass Sigge sich in ihnen verheddert, einen Überschlag macht und sich die Beine bricht. Ich muss mich bis zu seinen Ohren strecken, um die Zügel wieder aufnehmen zu können. Mir wird vor Angst ganz schwindlig im Magen, als ich auf Zehenspitzen in den Steigbügeln stehe und mich so weit nach vorne über seinen Hals beuge, wie ich mich traue, und noch ein Stück weiter. Als ich endlich die Zügel zu fassen kriege, hat Sigge schon Mamas Pferd eingeholt. Er galoppiert wahnsinnig schnell – er fliegt direkt über die Wiese. Wenn ich hinunterschaue, sehe ich den weißen Schnee unter uns aufstieben. Die kalte Winterluft prickelt im Gesicht und mein Hals brennt.

Mama dreht sich im Sattel um und lacht. Ihre Augen strahlen und ihre Wangen sind ganz rot.

»Alles in Ordnung?«

Von Sigges wilden Bocksprüngen hat sie offenbar nichts mitgekriegt.

»Das macht Spaß, was? Drehen wir noch eine Runde?«

Bevor ich antworten kann, gibt sie ihrem Pferd die Schenkel und erhöht das Tempo noch mehr. Wenn ihr großes Pferd richtig ausgreift, hat Sigge keine Chance, mit seinen kurzen Ponybeinen Schritt zu halten. Aber er versucht es trotzdem. Die Hufe donnern auf den Boden und der Schnee wirbelt ihm um die Beine. Ich stelle mich in die Steigbügel, und es ist, als ob wir zusammen fliegen, er und ich. Die Angst ist von mir abgefallen.

Bald beginnt Sigge zu keuchen und nach einer weiteren halben Runde wird er von ganz allein langsamer und fällt erst in Trab und dann in Schritt. Er ist triefnass an Hals und Brust. Ich schwitze unter der Kappe, obwohl es so kalt ist, dass mein Atem sich in weißen Dampf verwandelt.

»So wie jetzt müsste es immer sein. Vielleicht werde ich ja doch irgendwann reich. Dann kaufe ich für jede von uns ein eigenes Pferd«, sagt Mama verträumt.

Ich antworte nicht. Wenn sie so etwas vor ein paar Jahren gesagt hätte, wäre ich überglücklich gewesen und hätte ab sofort darauf gewartet, dass der Reichtum vom Himmel herabfällt. Als ich klein war, glaubte ich wirklich, dass so etwas passiert. Inzwischen weiß ich, dass es keinen Sinn hat, darauf zu hoffen. Mama wird nie reich sein. Aber das macht mir nicht viel aus, eigentlich überhaupt nichts. Jetzt habe ich ja Sigge, um den ich mich kümmern kann.

Wir reiten im Schritt durch den Wald. Nachdem Sigge sich ordentlich verausgabt hat, ist er jetzt lammfromm. Ich lasse mich auf seinem Rücken durch die Gegend schaukeln und genieße es. Mama hat Recht. Genauso müsste das Leben immer sein. Es ist vollkommen still. Der Schnee drückt die Äste herunter und über den Boden ziehen sich kreuz und quer die Spuren von verschiedenen Tieren.

Als wir zum Stall zurückkehren, wird es schon dunkel. Alle anderen Pferde stehen inzwischen im Stall und fressen Heu. Sigge senkt seinen Kopf sofort in den Heuhaufen, der in seinem Verschlag auf ihn wartet. Er ist über und über nass vom Schweiß und vom Schnee, der von den Ästen auf ihn herabgefallen und geschmolzen ist. Ich hole Stroh und reibe ihn so trocken, wie es irgend geht. Anschließend lege ich ihm sicherheitshalber eine Decke über.

Nachdem ich alle Pflichten eines Pferdepflegers erfüllt habe, setze ich mich neben ihn und streichle seinen Kopf, während er frisst. Hin und wieder stupst er mich liebevoll mit seinem Maul an, und jedes Mal wird mir ganz heiß vor Glück.

Plötzlich fühle ich mich beobachtet und schaue hoch. In der Stallgasse steht Lotta und starrt mich an. Lotta ist Sigges andere Betreuerin. Sie ist ein Jahr älter als ich und geht in die siebte Klasse. Ich weiß nicht recht, was ich von ihr halten soll. Als ich Pferdemädchen wurde, war sie unheimlich gemein zu mir. Sie wollte Sigge für sich selbst haben und ihn nicht mit mir teilen. Das endete damit, dass wir uns nicht leiden konnten.

Inzwischen ist es ein bisschen besser geworden. Aber man kann nicht gerade sagen, dass wir Freundinnen wären. Das macht auch nichts. Weil Lotta und ich uns abwechselnd jeden zweiten Tag um Sigge kümmern, sehen wir uns nicht oft. Ich versuche jedenfalls, so gut es geht, zu vergessen, dass es sie gibt. Ich will Sigge nämlich auch nicht mit jemandem teilen.

Jedenfalls steht Lotta jetzt da, obwohl ich heute an der Reihe bin, Sigge zu versorgen. Das ärgert mich.

»Was ist?«, frage ich.

»Nichts. Ich bin bloß zufällig vorbeigekommen«, sagt Lotta und rührt sich nicht von der Stelle.

Ich glaube ihr nicht. Das sieht doch ein Blinder, dass sie irgendwas will.

»Hast du ihn auch ordentlich abgetrocknet?«, fragt sie nach einer Weile.

»Natürlich«, antworte ich.

Langsam werde ich echt sauer. Wieso kommt sie her und mischt sich ein, wie ich Sigge versorge? Ich komme ja auch nicht in den Stall, wenn sie mit der Pflege dran ist. Jedenfalls kann ich jetzt nicht mehr im Stroh sitzen und Sigges Nähe genießen. Dass sie da steht und glotzt, macht alles kaputt. Aber ich traue mich auch nicht, ihr das zu sagen. Schließlich ist sie älter als ich und betreut Sigge schon seit zwei Jahren. Außerdem will ich nicht schon wieder Ärger mit ihr, wo wir das gerade erst hinter uns haben.

Lotta geht in den Verschlag, hebt die Pferdedecke an und streichelt Sigges Rücken. Bestimmt macht sie das nur, um zu kontrollieren, ob ich ihn gut abgetrocknet habe. Die Wut kocht in mir hoch und ich muss mich mächtig zusammenreißen, um sie nicht anzuschnauzen.

»Ich kriege vielleicht ein eigenes Pferd«, sagt Lotta.

2

Die Worte bleiben in der Luft hängen und klingen lange nach. Diese magischen Worte, von denen sich alle Pferdemädchen wünschen, sie einmal sagen zu können. Ich nehme an, dass der Neid aus meinem Gesicht leuchtet, denn Lotta grinst zufrieden.

»Meine Eltern haben mir Heiligabend versprochen, dass ich eins bekomme«, fügt sie hinzu.

Zuerst brüllt es in mir vor Neid. Wieso darf Lotta ein eigenes Pferd haben, wenn ich nie eins bekommen werde? Nur weil ihre Eltern mehr Geld haben als meine, kriegt sie das, was ich mir sehnlicher wünsche als alles andere. Das ist ungerecht! Aber dann fällt mir plötzlich ein, dass ich gar keinen Grund habe, mich aufzuregen. Ganz im Gegenteil. Wenn Lotta ein eigenes Pferd bekommt, hat sie keine Zeit mehr, sich auch noch um Sigge zu kümmern. Dann darf ich ihn vielleicht ganz allein versorgen. Oder ihn wenigstens mit einer teilen, die netter ist als Lotta.

»Ist ja toll! Wann ist es denn so weit?«, frage ich deshalb gut gelaunt.

Lotta macht ein verblüfftes Gesicht, dass ich so begeistert bin.

»Weiß ich noch nicht genau. Bald, hoffe ich.«

»Hast du dir schon Pferde angesehen?«, frage ich neugierig.

Ein fieses Lächeln huscht über Lottas Gesicht.

»Ich bin gerade dabei, Maggan zu überreden, dass sie mir Sigge verkauft«, sagt sie.

Zuerst begreife ich gar nicht, was sie da sagt. Das kann nicht sein. Nein, das ist unmöglich. Maggan kann Sigge nicht verkaufen. Sie kann Sigge nicht an Lotta verkaufen. Etwas so Gemeines kann sie nicht tun!

Dann werde ich innerlich ganz kalt. Die Kälte kriecht mir durch den ganzen Körper und macht mich starr. In meinem Kopf dreht sich alles und mir wird ganz flau. Schwerfällig lehne ich mich gegen die Wand des Verschlags.

Ich habe schon öfter gehört, wie Maggan sagte, dass Sigge eigentlich viel zu lebhaft und unberechenbar für ein Reitschulpony ist. Viele Anfänger fürchten sich davor, ihn zu reiten. Sie haben Angst, er könnte durchgehen und sie abwerfen. Vielleicht kann Maggan sich sehr gut vorstellen, ihn gegen ein langweiliges und träges Pony auszutauschen, das einfach nur immer im Kreis durch die Reithalle trottet.

Was, wenn Lotta Sigge tatsächlich kaufen darf? Dann kann ich ihn nie wieder striegeln und nie wieder spüren, wie er mir seinen warmen Atem in die Ohren bläst, dass es kitzelt. Dann werde ich nie wieder mit ihm über eine schneebedeckte Wiese galoppieren oder auf seinem Rücken durch den Wald schaukeln. Vielleicht werde ich ihn sogar niemals wiedersehen. Ich kann mir nur allzu gut ausmalen, wie Lotta stolz auf Sigge vom Hof reitet. Plötzlich ist er ihr Pferd. Ganz allein ihres. Sie wirft mir einen verächtlichen Blick zu, während ich einsam an der Stalltür zurückbleibe. Bei dem Gedanken wird mir ganz schlecht. So grausam kann das Leben doch einfach nicht sein!

»Sigge kriegst du nie«, protestiere ich lahm.

Lotta lacht lauthals. Ein widerliches, selbstzufriedenes Lachen, bei dem es mir kalt über den Rücken läuft.

»Das werden wir ja sehen. Frag Maggan, wenn du mir nicht glaubst. Aber mach dir keine Sorgen. Bei mir hat er es gut. Ein Verwandter von uns hat einen supercoolen Reitstall mit großen Boxen. Du kannst dir sicher vorstellen, wie glücklich Sigge sein wird, wenn er nicht mehr in der dunklen Box stehen muss, sondern sogar einen eigenen Paddock hat.«

»Und was wird aus mir?«, sage ich leise.

»Es gibt bestimmt noch genug andere Pferde, an denen du herumbürsten kannst«, sagt Lotta schnippisch.

Dann gibt sie Sigge einen letzten Klaps und geht. Ich bleibe stehen und weiß nicht, was ich tun soll. Ich schlinge meine Arme fest um Sigges Hals und fühle sein weiches, warmes Fell an meinem Gesicht. Nein, nein, nein! Niemand wird ihn mir jemals wegnehmen!

Ich weiß nicht, was mit Lotta los ist. Jetzt ist sie wieder genauso gemein wie damals, als ich Sigges Pferdemädchen wurde. Und ich dachte, sie hätte sich geändert. Wenn überhaupt jemand versteht, was es heißt, Sigge zu verlieren, dann doch wohl sie. Es ist noch gar nicht lange her, da war sie ganz verzweifelt, weil Maggan nicht wollte, dass sie weiterhin Sigges Pferdemädchen ist. Außerdem weiß Lotta genau, dass ich es war, die Maggan dazu überredet hat, sie wieder seine Pflegerin sein zu lassen.

Auf der Fahrt nach Hause plappert Mama fröhlich drauflos. Sie merkt nicht, dass ich mit glasigem Blick vor mich hin starre. Es ist, als hätte ich einen Krampf. Die Gedanken drehen sich dauernd im Kreis. Es hört überhaupt nicht mehr auf. Ich weiß, eigentlich hätte ich Maggan sofort fragen müssen, ob es stimmt, dass Lotta Sigge kaufen will.

Aber ich habe mich nicht getraut. Was, wenn Maggan gesagt hätte: »Ja natürlich wollen wir Sigge verkaufen. Aber das macht doch nichts, oder? Du darfst dafür das neue Pony pflegen«, oder etwas ähnlich Schreckliches. Solange ich es nicht mit Sicherheit weiß, gibt es immerhin noch eine Hoffnung, an die ich mich klammern kann.

Falls Lotta wirklich Sigge kauft, werde ich ihr das nie verzeihen. Dann werde ich sie bis an mein Lebensende heiß und innig hassen. Gleichzeitig weiß ich, wenn Mama jetzt plötzlich sagen würde, dass sie mir ein Pony kauft, dann würde ich sofort Sigge haben wollen. Ich würde keine Rücksicht darauf nehmen, ob Lotta deswegen traurig ist. Überhaupt nicht! Es wäre mir total egal, also warum sollte es ihr nicht auch egal sein, ob sie mich traurig macht? Eigentlich habe ich keinen Grund, auf Lotta sauer zu sein. Aber dieser Gedanke macht mich kein bisschen fröhlicher.

Maggan ist in Ordnung, wirklich. Außerdem haben Mama und sie sich angefreundet. Bestimmt will sie nicht, dass ich traurig bin, und sie weiß, wie viel Sigge mir bedeutet. Ich versuche mich abzuregen, indem ich mir das immer wieder sage. Irgendwie muss ich Maggan doch überreden können, Sigge zu behalten, falls sie wirklich daran denkt, ihn zu verkaufen. Die Frage ist nur, wie?

»Was ist los mit dir? Du sagst ja gar nichts. War der Ausritt heute nicht schön?«

Mamas Stimme drängt sich in meine Gedanken.

»Ist irgendwas passiert?«, will sie wissen.

»Nö. Ich bin bloß müde«, sage ich.

Mama gibt sich damit zufrieden und redet weiter über alles Mögliche, was mich nicht im Geringsten interessiert.

Was dieser und jener Arbeitskollege gesagt hat und solche Sachen. Wenn sie nicht von selbst merkt, dass eine Katastrophe passiert ist, dann habe ich keine Lust, sie darüber aufzuklären. Jedenfalls nicht jetzt.

Die Allee zu Hause in Hallondalen hat sich durch all den Schnee in einen weißen Tunnel verwandelt. Ganz hinten am Ende des Tunnels thront unser großes rotes Haus. Anheimelnd leuchtet es aus fast allen Fenstern, als wir nach Hause kommen. Mitten auf dem Hofplatz steht eine große Tanne und funkelt, denn sie ist über und über mit kleinen Lämpchen besetzt. Lasse hat einen ganzen Tag gebraucht, um die Lichterketten anzubringen. Mama lief währenddessen um den Baum herum wie ein aufgescheuchtes Huhn und gab die ganze Zeit gute Ratschläge. Vielleicht hat es deswegen so lange gedauert.

Als wir aus dem Auto steigen, geht die eine der beiden Haustüren auf und Lasses fröhliches Gesicht schaut heraus. Eins und Zwei, seine beiden schwarzen Labradorhunde, haben es geschafft, sich zwischen dem Türspalt und seinen Beinen hindurchzuquetschen, und jetzt kommen sie uns entgegengerannt, genau wie immer. Völlig aus dem Häuschen vor lauter Freude springen sie um uns herum und bellen. Sie sind lieb, aber ziemlich anstrengend mit ihren wedelnden Schwänzen und ihrem ewigen Kläffen.

»Beeil dich, Lisa!«, ruft Lasse.

Er tut so, als würde die größte Überraschung der Welt auf mich warten. Dabei hat er in den letzten Tagen kaum über was anderes geredet. Obwohl wir jetzt schon seit über vier Monaten in Hallondalen wohnen, habe ich merkwürdigerweise nie Kristin und Torsten getroffen, Lasses Kinder. Sie wohnen bei ihrer Mutter und sind nur an den Wochenenden bei Lasse, und da bin ich meistens bei meinem Vater. Jetzt sollen wir uns also kennen lernen und Silvester zusammen feiern. Das war Lasses Idee.

Bevor Lotta damit ankam, dass sie Sigge kaufen will, war ich richtig neugierig darauf, Kristin kennen zu lernen. Lasse hat so viel von ihr erzählt und gemeint, dass wir sicher Freundinnen werden, weil sie nur ein Jahr älter ist und Pferde genauso liebt wie ich. Aber jetzt will ich am liebsten überhaupt niemanden sehen. Ich will nur in Ruhe gelassen werden und mir einen guten Plan ausdenken, wie ich Maggan überreden kann, Sigge zu behalten. Das ist echt das Einzige, was mich interessiert.

»Kommt rein, ihr zwei, und trinkt Kaffee mit uns. Torsten und Kristin erwarten euch«, ruft Lasse wieder.

Mama und ich können nicht anders, wir müssen kichern. Seine Stimme klingt so aufgeregt, als wäre er ein kleines Kind.

»Es ist wohl am besten, wir beeilen uns, sonst überschlägt er sich noch«, sagt Mama leise, damit Lasse es nicht hört.

Drinnen in Lasses Küche ist es so gemütlich wie immer. Unmengen von Kerzen sind überall angezündet und auf dem Tisch stehen zwei große Schüsseln voller Plätzchen und Krapfen. Es duftet nach den Hyazinthen auf der Fensterbank und nach frisch gebackenen Pfefferkuchen. Am Küchentisch sitzen schon Torsten und Kristin.

Torsten ist klein und rund, er hat glatte braune Haare, die ihm bis in die Augen fallen. Er ist ein paar Jahre jünger als ich und sieht lieb aus. Ein bisschen schüchtern vielleicht. Kristin macht dagegen überhaupt keinen schüchternen

Eindruck. Sie ist groß und schlank in engen, schwarzen Jeans und einem eng anliegenden schwarzen Pullover. Ihre Haare sind glänzend schwarz und reichen bis zur Taille, die dunklen Augen haben getuschte Wimpern. Sie sieht toll aus, richtig schön, nicht bloß hübsch. Normalerweise bin ich ganz zufrieden mit meinem Aussehen, ich bin ganz normal blond und blauäugig und habe halblange Haare, die manchmal lockig sind, aber meistens nur zottelig. Doch verglichen mit Kristin fühle ich mich hässlich und fett und unheimlich kindisch. Es ist unglaublich, dass sie nur ein Jahr älter ist als ich und in die Siebte geht. Sie sieht ganz genau so aus wie die richtig coolen Mädchen in der Neunten.

Lasses Behauptung, dass Kristin und Torsten uns erwarten, ist echt völlig daneben. Ein Blick genügt, um zu sehen, dass Lasse der Einzige ist, der sich darüber freut, dass Mama und ich kommen.

Torsten sieht total gelangweilt aus und Kristins Blick ist direkt feindselig. Mit schwarzen Augen starrt sie mich an. Ich verstehe nicht, warum sie mich nicht mag. Sie hat mich doch noch nie gesehen. Die Vorstellung, dass wir Freundinnen werden könnten, schrumpft schnell zu einem Nichts zusammen. Ich lächle trotzdem zaghaft, aber Kristin tut so, als ob sie es nicht sieht. Ich werde rot und komme mir ziemlich bescheuert vor.

»Hei«, sage ich leise.

Irgendwas muss ich ja sagen.

»Hei«, antwortet Torsten mürrisch.

Kristin sagt kein Wort. Sie starrt mich nur weiterhin mit ihrem finsteren Blick an. Ich winde mich vor Unbehagen. Noch nie habe ich mich irgendwo so unerwünscht gefühlt.

Aber Lasse scheint nicht zu merken, dass die Atmosphäre gespannt ist. Er ist genau wie immer, vielleicht ein bisschen redseliger als sonst.

»Setzt euch doch. Hol etwas zu trinken, Kristin, das habe ich vergessen. Nita habt ihr ja schon früher kennen gelernt«, sagt Lasse mit einer Handbewegung in Mamas Richtung. »Und das hier ist also Lisa, die auch hier wohnt. Ich bin sicher, dass ihr viel Spaß zusammen haben werdet.«

Es ist komisch, wie absolut peinlich Erwachsene sein können, ohne sich auch nur im Geringsten dafür zu schämen. Lasse muss blind und taub sein, sonst würde er merken, dass die Chance, Kristin und ich könnten Spaß miteinander haben, kleiner als null ist.

Ich fühle mich schrecklich unwohl in der Runde am Küchentisch. Lasse plaudert davon, wie sehr Kristin sich für Pferde interessiert und wie gut sie reiten kann. Kristin starrt angeödet aus dem Fenster. Dann erzählt Lasse, wie tüchtig ich im Reiten bin, und da bin ich an der Reihe, aus dem Fenster zu starren und so zu tun, als wäre ich ganz woanders. Es gibt nichts Ätzenderes, als wenn Erwachsene damit prahlen, was ihre Sprösslinge schon alles können. Besonders wenn es gar nicht stimmt.

Mama versucht mit Torsten ins Gespräch zu kommen, aber er antwortet bloß mit Ja oder Nein. Erst als Mama ihn dazu bringt, von seinem neuen Computerspiel zu erzählen, das er zu Weihnachten bekommen hat, wird er etwas lebhafter.

»Da gibt es verschiedene Reitertruppen, die gegeneinander kämpfen, und diejenigen, die Pfeil und Bogen haben, sind besser als die mit den Schwertern. Aber Papa hat ja keinen Computer, deswegen kann ich es hier nicht spielen«, fügt er hinzu, und es ist nicht zu überhören, dass der fehlende Computer ihm schwer zu schaffen macht.

»Falls du das Spiel dabei hast, kannst du es gerne an meinem Computer spielen, wenn du möchtest«, sagt Mama mit einschmeichelnder Stimme.

Ich sehe sie verblüfft an. Es ist weiß Gott nicht ihre Art, ihren Computer freiwillig herzugeben. Ich muss immer betteln bis zum Umfallen, bis ich mal ran darf. Aber Torsten fängt an zu strahlen.

»Echt?«

Er rennt sofort los, um sein Spiel zu holen, und wieselt ebenso eifrig um Mamas Beine herum wie die Hunde. Lasse lächelt Mama an und sie lächelt zurück. Ich kenne diese Art von Lächeln. Als ich Elisabeth kennen lernte, Papas neue Frau, war es genauso. Jedes Mal, wenn Papa sah, dass Elisabeth und ich irgendwas zusammen machten, lächelte er ganz genauso. Zufrieden und erleichtert. Ich weiß, dass er eine Mordsangst hatte, ich würde Elisabeth nicht mögen, bloß weil Mama sie nicht ausstehen kann. Am Anfang war es auch so. Aber dann merkte ich, dass Elisabeth ganz okay war, trotz allem. Außerdem hat sie mir gezeigt, wie man auf der Nähmaschine näht. Das war toll.

Dass Lasse jetzt genauso lächelt, ist kein gutes Zeichen. Das deutet darauf hin, dass er und Mama ernsthaft ineinander verliebt sind und jetzt erreichen wollen, dass ihre Kinder sich anfreunden, damit wir eine einzige große Familie werden können. Der Gedanke macht mir Gänsehaut. Was, wenn Kristin plötzlich so was wie meine Halbschwester wird? Etwas Schlimmeres kann ich mir fast nicht vorstellen.

Lieber sterbe ich. Ich muss dringend ein ernstes Wort mit Mama reden. Dass sie ein bisschen verliebt in Lasse ist, habe ich schon gemerkt. Aber wenn sie ihn richtig liebt, hätte sie mir das wirklich sagen müssen.

Ich stehe auf, um ihr und Torsten in unsere Wohnung zu folgen, aber Lasse hält mich zurück.

»Kristin und ich haben eine Neuigkeit für dich«, sagt er.

Dann lässt er die Bombe platzen.

»Ich habe die Absicht, Kristin ein Pony zu schenken!«

Ich starre ihn an. So ganz unerwartet kommt das eigentlich nicht. Lasse und ich hatten uns ausgemalt, wie wir den alten Pferdestall hinten im Garten wieder in Ordnung bringen, und Lasse hat gesagt, dass er vielleicht ein Pferd für Kristin kaufen will. Aber ich hätte nie gedacht, dass er es ernst damit meint. Lasse redet dauernd davon, was er alles vorhat, aber meistens wird nicht viel daraus.

Kristin sieht mich mit leerem Blick an. Der plötzliche Neid macht mich ganz matt. Das hier ist einfach zu viel. Erst kriegt Lotta ein Pferd und jetzt Kristin. Aber weder Mama noch Papa werden mir jemals ein Pferd kaufen. Ein Pferdchen aus Heu ist so ungefähr das Äußerste, was ich als Geschenk von ihnen erwarten darf.

»Aber das hängt natürlich davon ab, ob du bei der Pflege mithelfen würdest, wenn Kristin nicht hier ist«, fährt Lasse fort und sieht mich erwartungsvoll an.

Er ist natürlich überzeugt, dass ich in Jubelschreie ausbreche. Jedes Mal, wenn er darüber gesprochen hat, ein Pony für Kristin zu kaufen, habe ich versucht ihn zu überzeugen, dass das eine hervorragende Idee ist. Damals hatte ich den Hintergedanken, dass ich das Pferd unter der Woche versorgen könnte, wenn Kristin bei ihrer Mutter ist. Das wäre dann ja fast so, als hätte ich ein eigenes Pferd. Aber da kannte ich Kristin noch nicht und hatte keine Ahnung, wie blöd sie ist. Und es war, bevor ich Betreuerin von Sigge wurde. Wie soll ich es schaffen, mich um zwei Pferde zu kümmern?

»Und was soll aus Sigge werden?«, frage ich deshalb.

Lasses Kinn fällt ein Stück herunter und sein freudiger Was-sagst-du-jetzt-Blick erlischt.

»Daran habe ich überhaupt nicht gedacht«, sagt er und macht ein enttäuschtes Gesicht.

Aber schnell fasst er neuen Mut.

»Wäre es nicht viel schöner, ein Pferd hier zu Hause zu haben? Du könntest noch vor der Schule schnell zum Stall laufen und bräuchtest nicht mehr die weite Fahrt zum Reiterhof machen. Du kannst es dir ja noch mal überlegen. Vorläufig ist noch nichts entschieden.«

Er schnallt überhaupt nichts. Als ob ich Sigge einfach gegen irgendein anderes Pferd austauschen könnte! Es ist Sigge, den ich liebe, von ihm träume ich jede Nacht, ihn vermisse ich an den Tagen, an denen ich nicht im Reitstall bin. Lasse würde Mama ja auch nicht gegen eine x-beliebige andere Frau tauschen, bloß weil es vielleicht praktischer ist. Trotzdem nicke ich. Heute ist so viel passiert. Ich muss wirklich nachdenken. Aber wieder hält Lasse mich zurück, als ich gehen will.

»Du willst doch nicht schon gehen, Lisa? Kristin hat sich so darauf gefreut, dich kennen zu lernen. Zeig Lisa doch mal dein Zimmer, Kristin. Ihr habt bestimmt jede Menge zu besprechen, wo ihr euch jetzt doch vielleicht gemeinsam um ein Pony kümmern werdet.«

Kristin verdreht die Augen hinter Lasses Rücken. Ich würde am liebsten im Erdboden versinken. Es ist einfach zu peinlich, um wahr zu sein. Rafft Lasse denn überhaupt nichts? Eigentlich will ich bloß weg von hier, aber ich kann nicht. Ich will Lasse nicht enttäuschen, er ist immer so anständig zu mir. Ihm zuliebe folge ich Kristins abweisendem Rücken die Treppe hinauf.

Ihr Zimmer sieht fast genauso aus wie meins. Blümchentapeten, weiße Gardinen und lauter Pferdeposter an den Wänden. Kristin setzt sich an ihren Schreibtisch und fängt an, irgendwas auf einen Zettel zu schreiben. So als hätte sie vergessen, dass ich da bin. Ich bleibe an der Tür stehen. Meine Arme werden immer länger und ich weiß nicht, wohin mit meinen Händen. Mir wird ganz heiß vor Ärger. Sie hat überhaupt keinen Grund, mich so zu behandeln. Ich habe ihr nichts getan. Wie sollen wir uns gemeinsam um ein Pony kümmern, wenn wir noch nicht mal miteinander reden können? Der Gedanke ist absurd.

»Stehst du immer noch da?«, sagt Kristin nach einer Weile.

Ich antworte nicht. Da dreht Kristin sich auf ihrem Stuhl herum und sieht mich an. Langsam betrachtet sie mich von oben bis unten. Ich habe das Gefühl, eher ein Gegenstand zu sein als ein Mensch, und das macht mich noch wütender.

»Mein Vater möchte vielleicht, dass wir Freundinnen werden, aber ich habe absolut keinen Bock darauf. Ist das klar?«, sagt Kristin.

»Klar«, sage ich, und die Wut schlägt über meinem Kopf zusammen wie eine Riesenwelle.

Meistens werde ich immer erst wütend, wenn es zu spät ist. Dann sitze ich stundenlang in meinem Zimmer und denke mir aus, was ich hätte sagen sollen. Dann ist es natürlich zu spät. Aber jetzt schaffe ich es immerhin, ein paar Worte herauszuwürgen:

»Und dir ist hoffentlich klar, dass ich genauso wenig Lust habe, deine Freundin zu sein. Nur damit du Bescheid weißt.«

Das ist keine besonders gute Antwort, aber wenigstens ein bisschen besser als nur dazustehen und einzustecken.

»Nun, dann sind wir uns ja einig«, sagt Kristin kalt und wendet sich wieder ihrem Geschreibsel zu.

Ich bleibe noch einen Augenblick stehen und betrachte ihren Rücken. Die Haare fallen lang den Rücken hinunter, dick und kein bisschen zottelig. Es ist ungerecht, dass eine so blöde Person so schöne Haare hat. Leise öffne ich die Tür und gehe rückwärts aus dem Zimmer. Dann schleiche ich auf Zehenspitzen die Treppe hinunter und zur Haustür hinaus, damit Lasse mich nicht hört. Armer Lasse. Er hat sich so lange gewünscht, dass Kristin und ich uns irgendwann kennen lernen. Vermutlich hat er geglaubt, dass wir sofort die dicksten Freundinnen werden und glücklich von dem Pony träumen, das er kaufen will. Und dann so was!

3

Es wird natürlich die schrecklichste Silvesterfeier des Jahrhunderts. Kristin und ich ertragen es kaum, uns im selben Raum aufhalten zu müssen, und Torsten will nichts anderes als vor Mamas Computer sitzen. Da hilft es auch nicht, dass Lasse stundenlang in der Küche steht, um das fantastischste Silvestermenü aller Zeiten zuzubereiten. Wir quälen uns durch das Essen. Mama und Lasse sind die Einzigen, die reden. Sobald ich den Mund aufmache, sieht Kristin mich mit ihren kalten Augen an. Ganz egal, was ich sage – sie macht ein Gesicht, als hätte sie noch nie in ihrem Leben etwas so Bescheuertes gehört.

Die ganze Zeit wünsche ich mir, dass Mama und ich stattdessen allein Silvester feiern, so wie wir es immer getan haben. Mama sieht aus, als wünschte sie sich das auch. Ich habe Mitleid mit Lasse, der ganz allein darum kämpft, dass es ein netter Abend wird. Als endlich Mitternacht ist, stoßen wir mit Apfelbrause an. Lasse und Mama sehen sich tief in die Augen, und ich schaue irgendwo anders hin, damit ich es nicht sehen muss. Das lässt wirklich nichts Gutes ahnen.

»Die Pflicht ruft. Ich muss jetzt ins Bett, wenn ich meine Arbeit morgen schaffen will«, sagt Mama entschuldigend und trinkt ihr Glas aus.

Als wir endlich in unserer Wohnung sind, hämmert sie mit dem Kopf gegen die Wand und tut so, als würde sie sich vor Verzweiflung die Haare ausreißen.

»Was für ein entsetzlicher Abend! Ich dachte, er geht nie zu Ende«, stöhnt sie.

Wir sehen uns an und gackern. In diesem Moment ist sie eher meine Freundin als meine Mutter.

»Jetzt wollen wir das neue Jahr noch mal begrüßen, nur du und ich«, sagt Mama.

Sie holt die allerbesten Gläser und macht eine Flasche Sekt auf. Ich darf einen winzig kleinen Schluck probieren. Die Sektperlen kitzeln auf der Zunge. Es schmeckt nicht besonders gut, aber es ist ein feierliches Gefühl. Wir setzen uns aufs Sofa und reden und kichern.

»Ich hoffe, Lasse sieht nicht, dass wir noch Licht haben. Er wäre sicher gekränkt, wenn er merkt, dass ich noch gar nicht ins Bett gegangen bin«, meint Mama.

Eine bessere Gelegenheit gibt es nicht. Jetzt muss ich ernsthaft mit ihr reden.

»Spielt es denn eine Rolle, was Lasse denkt?«, frage ich.

»Natürlich tut es das. Ich möchte ihn nicht unnötig verletzen«, sagt Mama.

»Aber spielt es eine große Rolle?«, bohre ich. »Bist du in ihn verliebt? Wollt ihr zusammenziehen? Wolltet ihr deswegen, dass wir alle zusammen Silvester feiern?«

Mama schweigt eine Weile.

»Ich weiß es nicht, ehrlich«, sagt sie schließlich.

Ich seufze. Was ist denn das für eine Antwort! Ich bin zwar keine Expertin, was Liebe angeht, aber sie muss doch wohl wissen, ob sie in ihn verliebt ist oder nicht.

»Mama!«

»Ein bisschen verliebt bin ich vielleicht. Aber wir haben nicht vor, zusammenzuziehen oder so. Du brauchst dir keine Sorgen zu machen. Ich verspreche dir, dass ich vorher mit dir darüber rede, falls es jemals aktuell werden sollte.

Aber du hast vielleicht Recht, dass wir sehen wollten, ob unsere Kinder sich vertragen.«

»Das tun wir nicht«, sage ich mit Nachdruck.

Mama lacht lauthals.

»Das habe ich gemerkt. Jetzt geh schlafen, Spatz. Ich verspreche dir hoch und heilig, dass du dir keine Sorgen machen musst.«

Auf *das* Versprechen verlasse ich mich lieber nicht. Ich weiß, dass es überhaupt nichts bedeutet. Wenn ich etwas gelernt habe, dann das. Erwachsene tun immer nur so, als dürften Kinder mitentscheiden. Papa war es egal, was ich davon hielt, als er zu Elisabeth gezogen ist, und als Mama beschloss, dass wir umziehen, bloß weil sie einen neuen Job gefunden hatte, kümmerte sie sich nicht die Bohne darum, dass ich nicht wollte. Der Umzug war notwendig, und damit Schluss. Von daher weiß ich, dass ich allen Grund habe, mir weiterhin Sorgen zu machen.

Trotzdem fühle ich mich etwas beruhigter. Wenn Mama nicht mal richtig sicher ist, ob sie Lasse liebt, werden sie wohl nicht beabsichtigen zusammenzuziehen, jedenfalls nicht in der nächsten Zeit. Aber auch wenn sie das nicht tun, finde ich es schade, dass Kristin so unfreundlich ist. Immerhin wohnen wir zeitweise im selben Haus. Eigentlich hatte ich vorgehabt, sie zum Reitstall mitzunehmen und ihr Sigge vorzustellen. Aber Kristin will bestimmt nichts mit mir unternehmen, und ich habe auch jede Lust verloren, ihr das vorzuschlagen. Am liebsten würde ich sie nie wieder sehen.

Es ist schon unheimlich spät, aber ich kann trotzdem nicht einschlafen. Die Gedanken wandern immer noch in meinem Kopf herum. Und wenn Lasse wirklich ein Pony für Kristin kauft, was dann? Ich kann und will nicht aufhören, Sigges Betreuerin zu sein. Das ist absolut unmöglich. Er ist mein Freund, das beste Pferd der Welt. Ich werde niemals ein anderes Pferd so lieb haben wie ihn. Aber was, wenn Lotta ihn kauft und ich ihn nie wieder sehe? Wäre es dann nicht doch ein Trost, hier zu Hause ein anderes Pferd zu haben? Nein, daran will ich nicht mal denken. Ich will überhaupt nicht mehr denken. Zuerst muss ich wissen, was daran wahr ist. Morgen muss ich allen Mut zusammennehmen und Maggan fragen.

Aber am nächsten Tag traue ich mich nicht zu fragen, und am übernächsten auch nicht. Jedes Mal, wenn ich Maggan sehe, ist mir schlecht vor Angst. Die Frage liegt mir auf der Zunge, und mehrere Male mache ich den Mund auf, um sie rauszulassen. Aber im letzten Moment schlucke ich sie dann doch hinunter. Je mehr ich darüber nachdenke, desto wahrscheinlicher kommt es mir vor, dass Lotta Sigge kaufen darf, und ich weiß, dass ich es nicht ertragen würde, das aus Maggans Mund zu hören. Es spielt keine Rolle, dass ich dann vielleicht ein anderes Pferd betreuen darf, denn ich will nur Sigge. Die Tage verstreichen, einer nach dem anderen, und plötzlich sind die Weihnachtsferien vorbei, ohne dass ich mich dazu aufraffen konnte, Maggan zu fragen.

Anna steht an der Bushaltestelle und wartet auf mich, als ich komme. Ich kann sie schon von weitem durch das Busfenster sehen. Niemand sonst trägt so hässliche Mützen wie sie. Ihre Mutter strickt sie ihr, und offenbar hat sie zu Weihnachten eine neue bekommen. Sie ist gelb mit grünem

Rand und einer dicken Troddel obendrauf und noch hässlicher als ihre Vorgänger. Arme Anna.

Anna ist meine beste Freundin. Wir sind an dem Tag Freundinnen geworden, an dem ich in meine neue Klasse kam, gleich nach dem Umzug nach Hallondalen. Später fing ich in der Reitschule in derselben Gruppe an wie Anna, und jetzt betreuen wir jede unser eigenes Pony. Das Pferd, das Anna versorgt, heißt Putte und ist ein dickes Gotlandpony mit einer zottigen Mähne, die in alle Richtungen absteht. Er ist entsetzlich faul, aber Anna findet natürlich trotzdem, dass er das liebste Pferd der Welt ist.

Wir haben uns während der ganzen Weihnachtsferien nicht gesehen. Anna war bei ihren Großeltern in Norrland. Es ist ein merkwürdiges Gefühl, sie nach drei Wochen zum ersten Mal wieder zu sehen. Sonst sind wir fast ständig zusammen. In der Schule und im Stall und manchmal auch bei uns zu Hause.

»Hei«, sagt Anna ein wenig abwartend, als ich aus dem Bus steige.

»Hei. Wie war's in Norrland?«

»Gut. Wie immer. Ich bin viel Ski gelaufen. Nebenan waren ein paar süße Jungs zu Besuch. Sie haben mich manchmal auf ihren Schneescootern mitgenommen. Das war total cool«, sagt Anna.

Verblüfft sehe ich sie an. Will sie mich auf den Arm nehmen oder was? Sie hat sich doch noch nie für Jungs interessiert, soweit ich weiß. Manche von den Mädchen aus der Klasse reden fast nur über Jungs und sonst nichts. Aber Anna und ich unterhalten uns lieber über Pferde, das ist ja schließlich auch viel interessanter.

Wir stehen eine Weile schweigend herum und betrachten uns verstohlen. Dann fangen wir plötzlich genau gleichzeitig an zu kichern und können gar nicht wieder aufhören. Wir lachen, bis uns die Tränen kommen, ganz ohne Grund. Nach unserem Lachanfall ist alles wieder wie immer. Anna sagt nichts mehr über die süßen Schneescooterjungs, sondern will stattdessen wissen, was im Reitstall so alles passiert ist. Ob ich geritten bin und ob es Putte gut geht, wo sie doch eine ganze Zeit nicht da war und ihn nicht versorgen konnte.

»Er machte einen ganz zufriedenen Eindruck, als ich ihn das letzte Mal gesehen habe. Genauso fett und faul wie immer«, flachse ich.

»Er ist überhaupt nicht fett! Er ist nur …«

Anna unterbricht sich hastig, als sie merkt, dass ich sie bloß aufziehen wollte. Dann erzähle ich ihr das Schreckliche. Sie ist die Einzige, mit der ich darüber reden kann. Genau wie ich es erwartet habe, reißt sie ihre großen Augen vor Entsetzen weit auf.

»Das kann nicht wahr sein! Stell dir vor, vielleicht siehst du Sigge nie wieder! Du Ärmste! Wenn Maggan Putte verkaufen würde, wüsste ich nicht, was ich tun würde.«

Da merkt sie, dass ich drauf und dran bin, in Tränen auszubrechen. Die magischen Worte zu sagen, dass Lotta vielleicht Sigge kauft, hat das Ganze noch wirklicher gemacht. Die Tränen, die ich seit über einer Woche zurückgedrängt habe, wollen raus.

»Das hat Lotta sich bestimmt bloß ausgedacht, um dir Angst zu machen«, sagt Anna und versucht ein überzeugtes Gesicht zu machen.

Aber mich überzeugt sie nicht. Plötzlich *weiß* ich, dass es wahr ist.

»Wenn sie ihn mir wegnehmen, stäääbe ich«, schluchze ich und lehne meinen Kopf an ihre Schulter.

Sie umarmt mich fest.

»He, Lisa. Ich bin sicher, dass du dir ganz umsonst Sorgen machst. Du fragst jetzt erst einmal Maggan, okay?«

»Ich trau mich nicht«, sage ich schluchzend.

»Du musst«, sagt Anna entschieden.

Aber als wir nach der Schule zum Stall fahren, traue ich mich immer noch nicht. Stattdessen stehe ich bei Sigge im Verschlag und habe meine Arme um seinen Hals geschlungen. Er riecht so gut und warm. Alle Pferde riechen gut, aber Sigge riecht am besten. Sein weiches Fell kitzelt meine Wange. Ich habe ihn so wahnsinnig lieb, dass ich Bauchweh davon bekomme. Ich weiß nicht, wie ich ohne ihn leben sollte.

Lange, ganz lange stehe ich so da, mein Gesicht in seinem Fell vergraben. Bis ich merke, wie jemand die Stallgasse entlanggelaufen kommt und ich Annas aufgeregte Stimme höre:

»Das stimmt nicht, was du gesagt hast. Maggan denkt überhaupt nicht daran, Sigge an Lotta zu verkaufen!«

Ich wage kaum, ihren Worten zu trauen. Aber Anna strahlt mich an wie eine Sonne.

»Das ist total sicher, ich schwöre. Weil du so ein Angsthase bist und dich nicht traust, Maggan zu fragen, habe ich es eben getan. Lotta hat gefragt, ob sie Sigge kaufen kann, aber Maggan hat nein gesagt. Also brauchst du dir keine Sorgen mehr zu machen. Gut, oder?«

Erschöpft lehne ich mich gegen die Wand. Die Erleichterung ist so groß, dass ich gar nicht weiß, wohin damit. Völlig unnötig habe ich eine ganze Woche lang kaum ein Auge zugetan. Wie blöd kann man eigentlich sein? Warum habe ich Maggan nicht einfach gleich gefragt, anstatt herumzulaufen und mir das Schlimmste auszumalen? Ich hole die Karottenstückchen aus meinen Jeanstaschen und gebe Sigge alle auf einmal. Von einer Sekunde auf die andere hat sich das Leben vom schwärzesten Schwarz in das strahlendste Weiß verwandelt. Plötzlich ist es wieder leicht, zu atmen. Mir ist, als würde ich vor lauter Glück zehn Zentimeter über dem Erdboden schweben. Anna steht daneben und macht ein vergnügtes Gesicht. Wir lachen uns an. Alles ist wieder gut.

Ich striegle Sigge sorgfältig, bevor ich ihn für die erste Reitstunde sattle. Die Zeit, als ich kaum wusste, wie man mit einem Striegel umgeht, ist längst vorbei. Innerhalb von nur einem Monat bin ich eine richtig geübte Pferdepflegerin geworden. Mit derselben erwartungsvollen Spannung wie immer führe ich Sigge zur Reithalle. Reiten ist etwas ganz anderes als Ballett tanzen oder Eishockey spielen. Es ist jedes Mal wieder ein Abenteuer.

In der Reithalle riecht es angenehm nach feuchten Sägespänen. Die Stiefel versinken bis zu den Knöcheln in den weichen Spänen. Es poltert auf der Tribüne, als ein paar Zuschauer hinaufgehen, um sich die Reitlektion anzusehen. Am Anfang, als ich noch wie ein Mehlsack auf dem Pferderücken herumgeschaukelt bin, fand ich es entsetzlich, dass Leute mir beim Reiten zuschauen. Aber inzwischen habe ich mich daran gewöhnt. Ich denke nicht mal mehr daran.

Wir führen die Pferde zur Mittellinie und sitzen auf. All die wohl bekannten Gesichter in der Gruppe sind wieder da. Lena mit der lauten Stimme, die tüchtige Linnea mit ihren braunen Zöpfen, die schwarzhaarigen Zwillinge Kajsa und Amanda und die schüchterne Liselott mit ihren langen, dürren Beinen. Auch ein neues Mädchen ist in der Gruppe. Sie ist unheimlich dick und knallrot im Gesicht, dabei hat die Stunde noch nicht mal angefangen.

Mehr Zeit zum Betrachten habe ich nicht, denn Maggan legt sofort los. Sie ist von der ersten Minute an knallhart. Wir müssen traben und noch mal traben, bis die Beine sich anfühlen wie Wackelpudding. Zirkel, Serpentinen und durch die Bahn wechseln. Sigge ist aufgekratzt und munter wie immer. Seine Beine greifen aus, ohne dass ich irgendetwas tun muss. Sein Trab ist so weich, dass es überhaupt keine Kunst ist, tief im Sattel zu sitzen und mit den Bewegungen des Pferdes mitzugehen, wie es sich gehört. Er gibt mir das Gefühl, eine viel bessere Reiterin zu sein, als ich es eigentlich bin.

Anna hat wesentlich mehr Mühe mit ihrem faulen Putte. Sie muss ihn die ganze Zeit antreiben, damit er nicht stehen bleibt, und trotzdem trabt er so langsam, dass wir anderen ihn andauernd überholen müssen. Wenn ich an ihrer Stelle wäre, wäre mir das peinlich, aber Anna lacht trotzdem und sieht vergnügt aus. Früher hat sie dauernd gejammert, wie faul und unmöglich Putte ist. Aber seitdem sie sein Pferdemädchen werden durfte, ist er das beste Pferd der Welt, ganz gleich, was er auch tut. Oder nicht tut, denn das ist das Üblichere. Putte strengt sich nicht gerne unnötig an.

Das dicke Mädchen hat Pontus gekriegt, den Fjordhengst. Sie passen gut zusammen. Beide sind ähnlich rund und drall, und das Mädchen hat dieselbe strohblonde Haarfarbe wie Pontus. Aber man merkt, dass sie vorher irgendwo anders geritten ist. Die Art, wie sie mit den Schenkeln arbeitet und an den Zügeln reißt, ist ohne jedes Gefühl. So etwas lässt Maggan uns nicht durchgehen, und das sagt sie dem Mädchen auch mehrere Male.

»So sanfte Hilfen wie möglich, Emma. Hände tief und weich. Du brauchst nicht mit den Schenkeln zu schlagen, gib stattdessen Druck.«

Emmas rotes Gesicht wird noch einen Ton dunkler, aber sie trommelt genauso mit den Schenkeln wie vorher.

Am Schluss der Stunde dürfen wir galoppieren. Das macht immer am meisten Spaß, jedenfalls mir. Manchmal macht Sigge zwar kleine muntere Sprünge, besonders wenn er anfängt zu galoppieren, aber daran habe ich mich gewöhnt. Ansonsten gibt es nie irgendwelche Probleme. Sigge galoppiert so lange, wie er darf. Die anderen Reitschulponys sind bequemer und fallen gerne in Trab zurück, wenn man ihnen die Chance lässt. Am härtesten ist es für Anna, die sich die Schenkel wund drückt, bloß um Putte dazu zu kriegen, einen einzigen Galoppschritt zu machen. Jetzt, in der ersten Stunde des neuen Kurses, ist es schlimmer als je zuvor. Die Weihnachtsferien stecken den Pferden noch in den Knochen, sie haben noch nicht wieder in ihren Alltagsrhythmus zurückgefunden, bei dem sie Maggan gehorchen, ohne nachzudenken. Sie traben unkonzentriert, machen ein paar Galoppsprünge und drängen die ganze Zeit in die Mitte der Reitbahn. Es gibt ein ziemliches Chaos in der Halle, und Maggan schüttelt resigniert den

Kopf. Ich bin die Einzige, der es gelingt, ordentlich die Bahn entlangzugaloppieren. Es ist ein herrliches Gefühl. Stolz schaue ich geradeaus durch Sigges gespitzte Ohren und genieße Maggans Lob und die neidischen Blicke der anderen.

Als die Stunde zu Ende ist, rutsche ich von Sigges Rücken herab. Die Beine tun weh und die Arme auch. Maggan hat uns wirklich hart rangenommen. Ich streichle Sigges Maul. Für mehr Zärtlichkeiten ist keine Zeit, denn die nächste Gruppe drängelt schon in die Halle. Da heißt es Zügel an die nachfolgenden Reiter übergeben und sich verabschieden.

Das ist jedes Mal wieder schwer. Ich will, dass Sigge mir gehört, nur mir. Aber gerade heute macht es mir nicht so sehr viel aus; jetzt, wo ich weiß, dass Lotta Sigge nicht kriegt. Auch wenn ich ihn mit anderen Reitern teilen muss, er bleibt mir erhalten.

Bevor ich nach Hause kann, muss ich Sigges Verschlag ausmisten. Ich hole eine Forke und die schwere, unhandliche Schubkarre. Ausmisten gehört nicht gerade zu den größten Freuden des Lebens, aber es muss trotzdem jeden Tag gemacht werden. Anna steht daneben und wartet, bis sie die Schubkarre übernehmen kann. Ihre Augen leuchten.

»Hast du den Jungen gesehen, der auf der Tribüne stand?«, sagt sie eifrig.

Ich sehe sie fragend an. Ich habe keinen Jungen auf der Tribüne bemerkt. Ich hatte alle Hände voll mit dem Reiten zu tun.

»Er heißt Peter, glaube ich, und er hat ein eigenes Pferd im Privatstall. Ich habe gesehen, wie er reitet, er ist unheimlich gut. Ist er nicht wahnsinnig süß? Ein richtiger Traumprinz«, schwärmt Anna fasziniert.

Ich schüttle den Kopf. Was ist bloß los mit ihr?

»Ich habe keinen gesehen«, sage ich.

»Bist du blind? Er stand doch die halbe Reitstunde da. Ich möchte übrigens mal wissen, wieso. Glaubst du, er interessiert sich für eine aus unserer Gruppe?«, fragt Anna und sieht plötzlich ganz hoffnungsvoll aus.

Seufz. Sie ist unmöglich. Ich habe überhaupt keine Lust, über Jungs zu reden. Anna sieht mein gleichgültiges Gesicht und macht verärgert auf dem Absatz kehrt.

»Du bist echt total langweilig«, sagt sie und geht wieder hinüber zu Puttes Verschlag.

Ich seufze und mache mit dem Ausmisten weiter. Diese Schneescooterausflüge in den Weihnachtsferien sind ihr anscheinend mächtig zu Kopf gestiegen.

4

Ich streue eine dicke Schicht sauberes Stroh in Sigges Verschlag und fülle die Krippe mit Hafer. Plötzlich höre ich eine wohl bekannte Stimme hinter mir.

»Hei, Lisa. Bist du bald fertig?«

Ich drehe mich um, und da steht Papa! Mein Herz hüpft vor Freude. Ich habe ihn seit Heiligabend nicht mehr gesehen, als ich ihn für ein paar Stunden besucht habe. Die Stimmung zwischen uns ist immer noch ein bisschen gespannt. Vor gut zwei Monaten habe ich einen kleinen Bruder bekommen. Einen Halbbruder, sagt man wohl eigentlich, aber für mich ist Nils kein halber, sondern ein ganzer Bruder. Er ist absolut das süßeste Baby, das es gibt, und ich bin kein bisschen sauer auf ihn. Das bin ich wirklich nicht, obwohl er der Grund dafür ist, dass alles so gekommen ist. Zumindest hat Papa das gesagt.

Elisabeth war plötzlich dauernd launisch und gereizt, wenn ich zu Besuch kam, sie war sogar ganz schön sauer. Sie explodierte wegen der geringsten Kleinigkeit und ließ mich kaum in die Nähe von Nils. Sie hat es wirklich gut hingekriegt, dass ich mir unerwünscht vorkam. Papa meldete sich auch kaum. Schließlich war ich überzeugt, dass er mich nicht mehr mag. Ich dachte, dass er mich jetzt nicht mehr haben will, wo er doch ein neues Kind hat, um das er sich kümmern muss. Das war wirklich eine nervige Zeit.

Dann erzählte Papa mir, dass alles nur deswegen so gewesen ist, weil Nils jede Nacht geschrien hat und er und Elisabeth kein Auge zukriegten. Elisabeth dachte, sie wäre eine schlechte Mutter, und Papa hatte einfach keine Zeit, an mich zu denken. Vielleicht stimmt das ja.

Inzwischen ist es besser geworden, wirklich. Aber ganz so wie früher ist es nicht. Ein bisschen Unsicherheit ist immer noch da, und ich will immer noch am liebsten nicht bei Papa und Elisabeth übernachten. Es gefällt mir dort einfach nicht mehr so. Man merkt, dass Elisabeth sich Mühe gibt, nett zu mir zu sein, aber ich will, dass sie mich mag, ohne dass sie sich deswegen Mühe geben muss.

Aber jetzt steht Papa plötzlich hier im Stall, ganz ohne Vorwarnung. Mir ist ganz heiß vor Freude. Ich freue mich so sehr, dass ich mich in seine Arme stürze. Lange stehen wir eng umschlungen da. Er riecht nach Papa, meinem Papa. Gierig atme ich den wohl bekannten Duft seines Rasierwassers ein und kriege beinahe feuchte Augen. Erst jetzt, wo er hier ist, merke ich, wie sehr er mir gefehlt hat.

»Was machst du hier?«, will ich wissen, als ich mich schließlich überwinden kann, die Arme von seinem Hals zu nehmen.

Papa lacht und wuschelt mir die Haare.

»Ich war auf einer Konferenz hier in der Stadt und bin auf dem Heimweg. Aber ich konnte doch nicht einfach fahren, ohne meine Lieblingstochter zu besuchen. Du hast nicht vielleicht Lust, heute Abend mitzukommen? Wir haben uns viel zu lange nicht mehr gesehen. Du fehlst mir so. Die Konferenz geht morgen weiter, ich könnte dich morgen früh also zur Schule bringen. Und saubere Kleidung hast du ja noch bei uns.«

Er sieht, dass ich zögere, und ich sehe, dass ihn mein Zögern kränkt. Kurzerhand beschließe ich, mitzukommen und Elisabeth zu ertragen, ihm zuliebe. Außerdem muss ich ja sehen, ob mein kleiner Bruder wieder etwas Neues gelernt hat.

»Hast du Elisabeth gefragt? Weiß sie, dass ich vielleicht mitkomme?«, frage ich sicherheitshalber.

Ich bin nicht scharf darauf, zu sehen, wie ihr Willkommenslächeln erstirbt, wenn sie mich sieht. Papa nickt.

»Okay, dann komme ich gerne mit«, sage ich, und Papa beginnt wieder zu strahlen.

Ich verabschiede mich von Anna und Sigge. Dann gehe ich in Maggans Büro und rufe Mama an. Wenn Mama zu Hause an ihrem Buch schreibt, merkt sie sowieso kaum, ob ich da bin oder nicht. Aber sie könnte ja einen Anfall mütterlicher Fürsorge kriegen, und dann ist es besser, sie weiß, wo ich bin. Sonst kommt sie womöglich noch auf dumme Gedanken. Ruft alle an, die mich kennen, oder das Krankenhaus oder wer weiß wen. Es wäre nicht das erste Mal.

Draußen ist der Himmel schon nachtschwarz. Der Schnee knirscht unter den Stiefeln und die Kälte beißt mir in die Wangen. Aber in Papas Auto ist es warm und gemütlich. Ich lehne mich zurück und genieße es. Es ist schön, einmal nicht mit dem lahmen Bus nach Hause fahren zu müssen. Der Gedanke daran, dass Papa einen Umweg gemacht hat, um mich im Stall zu besuchen, macht mich froh. Er hätte ja nach der Konferenz einfach möglichst schnell nach Hause fahren können. Also bin ich ihm immer noch wichtig. So viel darf ich wohl annehmen.

Papa redet die ganze Zeit, während er die hundert Kilometer bis zu sich nach Hause fährt. Ich höre nicht so genau zu, was er sagt, aber es ist trotzdem schön, seine Stimme zu hören. Ich werde ganz entspannt und schläfrig und denke wohlig an die Zeit, als ich klein war und er mir jeden Abend eine lange Gutenachtgeschichte vorgelesen hat.

Elisabeth öffnet die Tür, kaum dass wir angekommen sind, und ihr ganzes Gesicht ist ein einziges großes Begrüßungslächeln. Sie umarmt mich sogar. Aber ich bleibe in ihrer Umarmung steif wie ein Stock. Nach allem, was passiert ist, traue ich Elisabeth nicht mehr. Ganz egal, was Papa sagt – ich glaube, sie würde am liebsten vergessen, dass es mich gibt. Sie will nicht daran erinnert werden, dass Papa schon mal eine Familie hatte. Nils, Papa und sie selbst, das ist es, was sie will. Ich bin sicher, dass sie nur nett zu mir ist, weil sie weiß, dass Papa es von ihr erwartet. Aber darüber kann ich mit Papa nicht reden, denn das würde ihn traurig machen. Mama kann ich es auch nicht erzählen, weil sie dann noch wütender auf Elisabeth wird, als sie es sowieso schon ist. Erwachsene haben ein merkwürdiges Talent, sich und anderen das Leben schwer zu machen.

»Komm herein. Ich glaube, da will dir jemand guten Tag sagen«, sagt Elisabeth und lächelt.

Ich ziehe die Stiefel aus und spähe in die Küche. Auf einer Decke mitten auf dem Fußboden liegt Nils. Als ich ihn das letzte Mal sah, lag er einfach auf dem Rücken und paddelte ziellos mit den Armen herum. Aber jetzt liegt er auf dem Bauch und hält das Köpfchen ordentlich hoch. Die Haare stehen nach allen Seiten ab, und in seinen geringelten Strampelhosen sieht er aus wie eine dicke Wurst. Mit der einen Hand umklammert er ein klapperndes Spielzeug. Ich lege mich vor ihm auf den Bauch, damit er mich richtig ansehen kann.

»Hallo, Brüderchen!«

Jetzt irrt sein Blick nicht mehr hierhin und dorthin, so wie früher, sondern er sieht mir sofort direkt in die Augen. Dann lacht er begeistert, ein kleines glucksendes Lachen mit viel Spucke. Es hört sich unglaublich süß an. Ich schneide eine Grimasse, und da lacht er wieder. Ich strecke die Zunge raus, und er lacht. Er findet anscheinend alles, was ich mache, unheimlich lustig.

Die ganze Zeit warte ich darauf, dass Elisabeth herbeistürzt und unser Spielchen beendet. Aber sie sagt nichts, sie lächelt bloß. Nach dem Essen darf ich ihr sogar helfen, Nils zu windeln, und den Schlafanzug darf ich ihm ganz alleine anziehen.

»Möchtest du ihm die Flasche geben?«, fragt Papa. Er hält mir die angewärmte Flasche hin. Ich schaue Elisabeth an, aber sie scheint nichts dagegen zu haben. Nils liegt ganz still auf meinem Schoß und saugt gierig die Milch aus der Nuckelflasche. Sein kleiner Mund saugt und saugt. Als er alles ausgetrunken hat, rülpst er laut. Ich muss kichern, und da lacht er auch. Er hat zwei kleine Zähne gekriegt, die weiß leuchten, wenn er lacht. Wenn ich ihm mit der Fingerspitze in den Mund fasse, beißt er so fest zu, dass es wehtut. Er ist wirklich genauso süß wie Sigge, wenn auch auf eine andere Art, das ist klar.

Früher hat Nils den ganzen Abend lang gebrüllt wie am Spieß. Papa musste mit ihm im Auto durch die Gegend fahren, damit er einschläft. Aber jetzt schläft er ratzfatz ein, als Papa ihn um acht ins Bett bringt.

»Was meint ihr, wollen wir vor dem Zubettgehen noch ein bisschen Karten spielen?«, schlägt Elisabeth vor.

Ich wage kaum, meinen Ohren zu trauen. Sie will freiwillig etwas mit mir zusammen machen! Auf einmal ist es wieder genau wie früher, bevor Nils auf der Welt war und Elisabeth so zickig wurde.

An diesem Abend ist es ein schönes Gefühl, zu Hause bei Papa zu schlafen, zum ersten Mal seit langer Zeit. Nicht, dass ich genauso hierher gehöre wie zu Hause bei Mama. Aber wenigstens ist es nicht so, als würde ich die ganze Zeit stören, und endlich fange ich an, mich richtig wie eine große Schwester zu fühlen.

Bevor ich einschlafe, habe ich noch ein bisschen Zeit, darüber nachzudenken, was Lasse gesagt hat. Dass er ein Pferd für Kristin kaufen will. Daraus wird wohl nichts. Seit der verpatzten Silvesterfeier hat er kein Wort mehr darüber verloren. Das ist vielleicht auch ganz gut so, wo Sigge jetzt doch nicht verkauft werden soll und ich ihn weiterhin pflegen darf.

Ganz früh am nächsten Morgen wache ich davon auf, dass Papa mir das Frühstück auf einem Tablett ans Bett bringt. Er hat Brötchen mit Stinkkäse gemacht und heißen Kakao. Darüber freue ich mich so sehr, dass ich beinahe anfange zu heulen. Das hat er schon seit vielen Jahren nicht mehr getan. Nach dem Frühstück fährt Papa mich zur Schule. Wir umarmen uns ganz lange, bevor er weiterfährt, und es ist mir total egal, ob uns jemand dabei sieht.

Genau wie immer fahren Anna und ich jeden zweiten Tag nach der Schule zum Reiterhof und versorgen Sigge und Putte. Jeden Dienstag haben wir Reitstunde. Es dauert einige Wochen, bis mir auffällt, dass Anna sich seit den

Weihnachtsferien verändert hat. Am Anfang sind es nur Kleinigkeiten, die mich stutzig machen, die ich aber gleich wieder vergesse. So wie ihre plötzliche Lust, Kommentare zu allen Jungs abzugeben, die uns über den Weg laufen. Oder wenn wir bei ihr zu Hause sind und sie will, dass wir ins Bad gehen und den Inhalt von der Schminktasche ihrer Mutter ausprobieren.

Wir tuschen uns die Wimpern mit Mascara schwarz an und malen die Lider silberblau. Ich finde, dass ich aussehe wie eine blöde Kuh, und will es wieder abwaschen. Aber Anna zetert rum und malt uns beiden auch noch die Lippen dunkelrot an. Anschließend steht sie vor dem Spiegel, spitzt den Mund und sieht sehr zufrieden aus. Irgendwie tickt sie nicht mehr ganz richtig, finde ich.

Auf dem Weg zu Annas Zimmer laufen wir dem fiesen Fritz über den Weg. Annas Vater sieht aus wie ein Ganove aus einem Comic: Er hat schwarze Haare und Hosen mit Bügelfalten und überhaupt ist er der einzige Erwachsene, den ich kenne, der in der Wohnung Straßenschuhe trägt. Schwarze, spitze und total blank geputzte Schuhe. Ich glaube, er mag mich nicht besonders, weil er kaum ein Wort zu mir sagt, wenn ich bei Anna bin. Er stöhnt immer nur, wenn er Anna und mich zum Reitstall fahren muss. Aber diesmal sieht er uns böse an.

»Was ist das für ein Geschmiere in euren Gesichtern? Wascht das ab, aber *sofort*!«

»Mensch Papa ...«, versucht Anna einzuwenden.

Der fiese Fritz hört gar nicht zu. Er ist puterrot im Gesicht und scheucht uns ins Badezimmer. Anna sieht aus, als würde sie gleich losheulen, und ich kann sie verstehen.

Wenn mein Vater mich dermaßen anblaffen würde, während eine Freundin dabei ist, würde ich vor Scham sterben. Gehorsam waschen Anna und ich uns die Schminke aus dem Gesicht, während der fiese Fritz wie ein ordentlich gekämmter Wachtmeister neben uns steht.

»Das macht ihr kein zweites Mal, ist das klar!«, sagt er und sieht mich böse an.

Als ob er denkt, *ich* wäre auf diese Idee gekommen und hätte Anna gezwungen, sich so anzumalen. Ich weiß gar nicht, worüber der sich so aufregt. Über das bisschen Schminke etwa?

»Papa hat seine eigenen Vorstellungen«, sagt Anna entschuldigend, als wir sauber gewaschen in ihr Zimmer gehen.

Aber dann schlägt sie hart mit der Faust an die Wand und lässt einen ellenlangen Fluch los.

»Der will doch nur, dass ich mein Leben lang wie ein Baby herumlaufe. Nichts darf ich. Nichts! Er weigert sich, mir richtige Jeans zu kaufen, und auf die Schulfete darf ich auch nicht, obwohl alle anderen dürfen!«

Ich weiß nicht, was ich dazu sagen soll. Klar, der fiese Fritz ist ein unheimlich ätzender Typ, das ist wahr, aber ich habe vorher noch nie gehört, dass Anna sich über ihn beklagt hätte. Und noch merkwürdiger ist, dass Anna nie erwähnt hat, dass sie auf irgendeine Schulfete gehen will, obwohl wir immerhin beste Freundinnen sind.

Die Oberklassen machen freitags immer ein Fest für uns von der Mittelstufe. Damit sie Geld einnehmen für ihre Klassenfahrten. Aber ich bin nie hingegangen. Mama hätte sicher nichts dagegen, wenn ich hingehen wollte, aber ich habe nicht mal im Traum daran gedacht. Ich kann nicht tanzen und ich will es auch nicht lernen. Ich finde es einfach albern, mit einer Menge anderer Leute da herumzuhopsen. Ich dachte immer, Anna findet das auch, aber offenbar tut sie es nicht.

Später fahren wir zum Reiterhof und ich vergesse die ganze Sache.

Aber im Laufe der Zeit passieren solche Sachen immer öfter. Als ich im letzten Herbst in die Klasse kam, hat Anna mir sofort ihre Freundschaft angeboten. Sie folgte mir wie ein Schatten und wollte, dass wir alles zusammen machen. Es war natürlich toll, weil mir so erspart blieb, mich an der neuen Schule und in der neuen Klasse wie eine Fremde zu fühlen. Aber manchmal hat es mich fast geärgert, weil sie ständig an meinen Hacken klebte. Ich konnte nie irgendwas mit anderen aus der Klasse machen, immer stand Anna dabei und machte ein enttäuschtes Gesicht. Was ich auch vorschlug, Anna fand es toll – und immer machten wir das, was ich wollte.

Jetzt hat Anna auf einmal angefangen, ihre eigenen Wege zu gehen. In den Pausen verschwindet sie manchmal einfach. Dann entdecke ich sie, wie sie mit den coolen Mädchen aus unserer Klasse zusammensteht und quatscht. Mit diesen Mädchen, die wir immer albern fanden mit ihren kurzen T-Shirts, die nicht mal über den Bauchnabel reichen, und den großen glitzernden Haarspangen. Jungs, Jungs, Jungs, das ist das Einzige, worüber die sich unterhalten können. Aber Anna findet anscheinend nicht mehr, dass die blöd sind, sonst würde sie sich ja nicht mit denen unterhalten. Das macht mich unsicher. Früher dachte ich immer, dass wir genau dieselben Sachen mögen. Inzwischen bin ich mir da nicht mehr so sicher.

Eigentlich sollte ich zufrieden sein. Jetzt habe ich ja die Möglichkeit, etwas mit anderen Mädchen zusammen zu machen, ohne dass Anna traurig und gekränkt ist. Jetzt klebt sie mir nicht mehr an den Hacken und ich brauche auch kein schlechtes Gewissen mehr zu haben, wenn ich sie irgendwo nicht dabeihaben will. Aber ich bin überhaupt nicht zufrieden. Ganz im Gegenteil.

Auf einmal habe ich gar keine Lust mehr, mich mit anderen Mädchen zu beschäftigen. Die reden sowieso nur über Sachen, die mich nicht interessieren. Anna ist die Einzige, die mich wirklich kennt. Im Laufe der Zeit hat sie alle Geheimnisse aus mir herausgeholt. Dass Mama und Papa sich dauernd streiten, dass Elisabeth zickig geworden ist und dass ich mir Sorgen mache, ob Mama und Lasse sich ineinander verlieben, zum Beispiel.

Außerdem gibt es niemanden außer Anna, der weiß, wie es in der Reitschule ist und wer Sigge und Putte sind. Anna und ich sind die Einzigen in der Klasse, die reiten. Die anderen Mädchen spielen entweder Volleyball oder machen Jazzdance. Mit denen habe ich nichts gemeinsam. Die hampeln doch nur in ihren albernen Gymnastikanzügen herum. Was ist das schon, verglichen mit einer perfekten Galoppvolte?

Jetzt stehe ich also da, schaue resigniert über den Schulhof und warte darauf, dass Anna zu mir zurückkommt. Es ist ein blödes Gefühl. Manchmal möchte ich einfach losschreien, dass Anna *meine* Freundin ist und nicht die von irgendjemandem sonst. Aber das mache ich natürlich nicht.

Ich will ihr nicht ebenso an den Hacken kleben wie sie mir im letzten Herbst.

Dabei fällt es mir schon ein wenig schwer, meine Enttäuschung nicht zu zeigen, als Anna mir den Arm um die Taille legt, einschmeichelnd lacht und fragt:

»Könntest du wohl Putte heute für mich mit versorgen? Du brauchst nur auszumisten und ihn ein bisschen zu bürsten. Ich schaffe es nicht.«

»Aber wir wollten doch heute die Sättel und Trensen polieren. Das hatten wir uns vorgenommen«, wende ich ein.

Es ist immer so gemütlich, wenn wir in der Sattelkammer sitzen und über alles Mögliche quatschen, während wir arbeiten. Aber Anna zuckt nur die Schultern.

»Das hat doch keine Eile, oder? Das können wir immer noch machen. Amanda hat mich gefragt, ob ich nach der Schule mit zu ihr nach Hause komme, und ich habe schon ja gesagt. Sei lieb, Lisa. Kümmere dich ein bisschen um Putte, ja? Ich nehme dir Sigge ab, ein andermal, wenn du willst.«

Ich will nicht, dass Anna mitkriegt, wie verletzt ich bin. Verletzt, verwirrt und verärgert. Was ist los mit ihr? Sigge ist keine Pflicht, bei der mir jemand helfen müsste. Ihn zu versorgen ist das Schönste, was ich mir vorstellen kann. An den Tagen, wo ich nicht nach der Schule zum Stall fahre, sehne ich mich nach ihm. Und ich dachte immer, Anna geht es genauso.

Es ist überhaupt nicht so toll, im Reitstall zu sein, wenn Anna nicht dabei ist. Schweigend striegle ich Sigge und Putte und miste ihre Verschläge aus. Nicht mal Sigges freundliche Stupser können mich aufmuntern. Anna muss verrückt sein, dass sie lieber bei der affigen Amanda mit ihrem hysterischen Gekicher zu Hause sitzt als hier im Stall bei den Pferden zu sein.

Viel früher als üblich verabschiede ich mich mit einem Klaps von Sigge und fahre heim. Dort erwartet mich schon die nächste Katastrophe.

5

Ich stürme in die Küche und reiße mir dabei die schmutzigen Stallklamotten herunter. Plötzlich kriege ich mit, dass nicht nur Lasse am Küchentisch sitzt, sondern auch Kristin, und beide starren mich an.

»Hei«, sage ich überrascht und ziehe mir schnell wieder die Hosen hoch.

Lasse lacht und Kristin glotzt. Mama steht am Herd und rührt aufgebracht in einem Topf herum, während sie leise vor sich hin schimpft. Es riecht angebrannt. Wahrscheinlich endet es wieder damit, dass wir uns Pizza kommen lassen, wie so oft.

»Jetzt lass uns mal ernsthaft reden, Lisa«, sagt Lasse. »Langsam müssen wir den Stall aufräumen, wenn wir im Sommer ein Pferd dort unterstellen wollen. Hast du dir die Sache überlegt? Wärst du bereit, Kristins Pferd unter der Woche zu versorgen?«

Stumm stehe ich da und weiß nicht, was ich sagen soll. Ich hätte nicht gedacht, dass es Lasse ernst wird mit seinem Plan, ein Pferd zu kaufen. Dann sehe ich Kristin an. Sie macht ein genauso feindseliges Gesicht wie neulich. Natürlich wäre es toll, ein Pony unten im Stall zu haben, aber nicht *ihr* Pony. Außerdem habe ich ja Sigge, um den ich mich kümmern muss.

»Hab noch nicht drüber nachgedacht«, sage ich.

»Du könntest es jeden Tag reiten«, lockt Lasse.

In der Küche wird es unerträglich still. Mama rührt heftig in ihrem Topf und tut so, als ob sie nichts hört und sieht.

Kristin starrt mich stur an und sieht aus, als müsste sie gleich kotzen. Ich nehme an, es ist der Gedanke daran, dass ich ihr Pony pflegen und reiten könnte, der ihr Übelkeit bereitet. Lasse macht ein kummervolles Gesicht.

»Du musst sie überreden, Kristin. Wenn Lisa uns nicht hilft, weiß ich nicht, ob wir hier ein Pferd versorgen können. Ich habe keine Zeit, mich darum zu kümmern, und ich weiß auch gar nicht, wie man das macht.«

Plötzlich tut mir Kristin beinahe Leid, obwohl sie so abweisend ist. Für sie muss das eine schreckliche Wahl sein. Entweder kriegt sie kein Pferd, oder sie muss zulassen, dass ich mich darum kümmere. Ausgerechnet ich, wo sie mich doch nicht ausstehen kann, aus welchem Grund auch immer. Aber eines weiß ich ganz sicher. Sie wird sich niemals dazu herablassen, mich um irgendetwas zu bitten.

Lasse tut mir auch Leid. Er will nur nett sein, und dann kommt so was dabei raus. Alle reagieren ganz falsch. Kristin sollte überglücklich sein, dass sie ein Pferd kriegt, und ich sollte glücklich sein, dass ich es versorgen darf. Stattdessen machen wir beide ein Gesicht, als stünde uns das grausamste Schicksal aller Zeiten bevor.

»Gib Lisa noch ein paar Tage Zeit, um in aller Ruhe darüber nachzudenken«, sagt Mama drüben am Herd, und ich atme erleichtert aus.

Lasse klappt sofort den Mund zu. Man kann es ihm ansehen, dass er mich am liebsten überreden würde, aber er will Mama nicht ärgern. Wenn sie sagt, dass etwas so gemacht werden soll, dann wird es so gemacht.

»Gut, dann wollen wir nicht länger stören.«

»Wollt ihr nicht mit uns essen?«, fragt Mama erstaunt.

»Ich glaube nicht. Ein andermal. Aber dann ist es wohl besser, ich koche.«

Mama streckt ihm die Zunge raus und er verschwindet grinsend in seiner Wohnung, mit Kristin im Schlepptau. Ich decke den Tisch und Mama bringt das Essen. Wir sitzen eine Weile schweigend da.

»Was ist los, Lisa? Ich dachte, es wäre dein größter Wunsch, ein Pferd unten im Stall zu haben?«

»Ich hab doch Sigge«, sage ich.

Mama nickt.

»Ja, aber trotzdem. Ihn musst du doch mit all den anderen in der Reitschule teilen, und du kannst ihn auch nicht reiten, wann du willst.«

»Ich weiß. Aber ich liiiiebe ihn«, sage ich mit einer dramatischen Filmstimme, dass Mama laut loslacht. »Wenn ich ein eigenes Pferd bekäme, wäre das etwas ganz anderes. Aber du hast ja gesehen, was Kristin von mir hält. Es ist nicht gerade verlockend, sich um ihr Pferd zu kümmern.«

»Das kann ich verstehen. Es ist wirklich schade, dass ihr euch nicht versteht. Stell dir vor, wie viel Spaß ihr sonst miteinander haben könntet«, sagt Mama.

»Kann schon sein, aber so ist es nun mal nicht«, sage ich, und damit ist das Thema erst mal erledigt.

Trotzdem kann ich den Gedanken daran nicht ganz verdrängen. Am Abend nehme ich eine Taschenlampe und laufe durch das Schneetreiben hinunter zum Stall. Vor mir ist ein breiter Pfad durch den Schnee getreten. Irgendjemand war vor mir dort. Wahrscheinlich haben Lasse und Kristin sich schon mal umgesehen, was alles zu tun ist, bevor ein Pferd hier einziehen kann.

Ich öffne die alte, knarrende Tür und lasse den Lichtkegel der Taschenlampe über Wände und Decke gleiten. Die Farbe blättert schon ab, und dicke, verstaubte Spinnweben hängen von der Decke. Überall stapelt sich Müll und altes Gerümpel. Aber es ist ein Stall, ein richtiger Stall. Er müsste nur aufgeräumt werden. Echt wahnsinnig: Hier könnte ein richtiges Pferd stehen. Das jeden Morgen wiehert, wenn ich mit Heu und Hafer erscheine. Das mich erwartet, wenn ich von der Schule heimkomme, und auf dem ich reiten kann, wann ich will.

Ich kicke ärgerlich gegen einen alten Eimer, der scheppernd über den Boden rollt. *Mein* Pferd soll hier stehen, nicht Kristins. Aber daraus wird ja sowieso nichts.

Plötzlich höre ich ein seltsames Geräusch. Ich bleibe wie angenagelt stehen und lausche. Hier gibt es bestimmt Ratten. Große, eklige Ratten mit langen, kahlen Schwänzen. Da ist das Geräusch wieder, ein seltsam schniefendes Geräusch aus der finstersten Ecke des Stalls. Ich hole ein paar Mal tief Luft, um Mut zu fassen, und leuchte dann entschlossen mit der Taschenlampe in die Ecke. Erst kann ich nichts Genaues erkennen. Irgendetwas bewegt sich dort. Etwas Großes und Blankes und Schwarzes, das aussieht wie Fell. Die Taschenlampe zittert in meinen Händen und der Lichtstrahl trifft auf ein glänzendes Augenpaar. Mein Herz rast in der Brust, ich wage kaum, mich zu rühren. Was, wenn mich dieses Etwas plötzlich anfällt?

Ich stehe wie versteinert. Langsam gewöhnen sich die Augen an die Dunkelheit. Da sehe ich, dass es keine Ratte ist, sondern ein Mensch. Das Blanke, Schwarze ist kein Fell, sondern Haar. Kristins Haar. Mein erster Gedanke ist, einfach umzudrehen und wegzulaufen. Aber dann kommt es mir albern vor. Kristin hat mich gesehen und sie weiß, dass ich sie auch gesehen habe. Langsam gehe ich auf sie zu.

»Hei! Was machst du denn hier?«

»Hau ab!«, faucht Kristin.

Sie hört sich so seltsam an. Sie schnieft und trocknet sich das Gesicht mit dem Unterarm.

»Weinst du?«, frage ich baff.

»Das geht dich einen Dreck an. Verschwinde. Los!«

Ich zögere einen Moment. Einfach umkehren und weggehen, das finde ich nicht richtig. Stattdessen setze ich mich neben sie auf den Boden.

»Willst du nicht sagen, was los ist?«

»Bist du taub oder was? Hau ab, verdammt noch mal!«

Aber ich bleibe sitzen. Warum, das weiß ich selbst nicht genau. So sitzen wir eine Weile stumm da. Ab und zu zieht Kristin Rotz hoch. Ich betrachte sie verstohlen, und da sehe ich, dass ihr die Tränen nur so die Backen herunterlaufen. Auch wenn ich sie nicht besonders mag, ist es doch ein schreckliches Gefühl, sie so traurig zu sehen. Vorsichtig rutsche ich näher an sie heran. Kristin rührt sich nicht. Zögernd komme ich ihr noch ein Stück näher und lege einen Arm um ihre Schultern. Ich bin darauf vorbereitet, dass sie wütend aufspringt oder mich sogar schlägt. Aber das tut sie nicht. Stattdessen lehnt sie ihren Kopf schwer gegen meine Schulter und fängt an, noch heftiger zu schluchzen. Ihr ganzer Körper wird vom Weinen geschüttelt.

Ich weiß nicht, was ich machen soll, deshalb mache ich nichts. Der Fußboden ist eiskalt. Meine Finger sind schon ganz steif gefroren. Es dauert eine Ewigkeit, bis Kristins Weinen langsam nachlässt. Irgendwann fängt sie sich schließlich und rutscht ein Stück von mir weg. Ihre langen Haare hängen vor ihrem Gesicht herunter, so dass ich ihre Augen nicht sehen kann.

»He, Kristin, nun sag doch, was los ist«, sage ich so freundlich, wie ich kann.

Kristin schleudert ihre langen Haare zur Seite und bohrt ihre schwarzen Augen in meine.

»Mein ganzes Leben lang habe ich mir ein eigenes Pferd gewünscht. Du weißt doch selbst, wie das ist. Ich habe von diesem Pferd Tag und Nacht geträumt. Als wir hierher gezogen sind, hat mein Vater mir versprochen, dass er mir eins kauft. Da dachte ich, dass mein Traum nun endlich wahr wird. Aber von wegen. Bevor er es tun konnte, haben Mama und Papa sich scheiden lassen, und dann wurde natürlich nichts mehr daraus. Und jetzt hat er es mir wieder versprochen. Aber er lügt ja doch nur.«

»Lasse lügt bestimmt nicht«, sage ich.

Kristin lacht auf und streift mich mit einem gehässigen Blick.

»Natürlich tut er das. Schnallst du das wirklich nicht, oder tust du nur so blöd? Nicht für mich will er ein Pferd kaufen, sondern für dich!«

Ich starre sie an. Wie bitte?

Kristin wird lauter.

»Glaubst du, ich habe keine Augen im Kopf, oder was? Mein Vater ist unheimlich in deine Mutter verknallt. Er wartet doch nur darauf, diese blöde Zwischenwand zu eurer Wohnung einzureißen, die er damals aufgesetzt hat, als Mama und er sich getrennt haben. Wenn er die Wand wieder einreißt, dann könnt ihr drei als eine glückliche Familie zusammenleben. Und du nimmst dann meinen Platz ein, oder wie? Wenn ich hier bin, redet er andauernd nur von dir. Lisa tut dies und Lisa tut das. Die ganze Zeit nur Lisa, Lisa, Lisa. Aber für mich interessiert er sich nicht die Bohne. Ich habe dich von dem Moment an gehasst, wo mir klar wurde, was da passiert. Wahrscheinlich will er bald nicht mal mehr, dass Torsten und ich ihn besuchen. Wir sind ihm ja doch bloß im Weg.«

»Sei doch nicht dumm. Natürlich interessiert er sich für dich. Mit mir redet er andauernd über dich. Das ist manchmal auch ganz schön anstrengend«, sage ich und lache.

Aber Kristin lacht nicht.

»Und wenn er mir wirklich ein Pferd schenken will, dann könnte ich es doch wohl bei mir zu Hause haben, oder? Dann könnte ich mich selbst darum kümmern. Aber nein, es muss ja unbedingt hier stehen. Hier bei dir. Und weil du keine Zeit hast, dich darum zu kümmern, kriege ich also kein Pferd. Wirklich toll, echt.«

Ich schaue sie an. Jetzt kann ich besser verstehen, warum sie mich nicht leiden kann. Ich weiß nur allzu gut, wie es ist, wenn man meint, dass einen der eigene Vater nicht mehr liebt. Ich weiß auch, wie schwer es ist, das Misstrauen abzuschütteln, wenn es erst einmal da ist. Trotzdem versuche ich es.

»Das stimmt doch gar nicht. Ich versuche überhaupt nicht, deinen Platz einzunehmen. Ich habe schließlich selbst einen Vater. Außerdem will ich überhaupt nicht, dass meine Mutter und Lasse sich ineinander verlieben. Mama und mir geht es gut, so wie es ist.«

»Was du nicht sagst«, sagt Kristin.

Ich sehe ihr an, dass sie mir nicht glaubt. Wir schweigen eine Weile. Ich überlege, was ich noch sagen könnte, damit sie mir glaubt. Plötzlich steht Kristin hastig auf.

»Lass uns reingehen. Ich frier mir hier noch den Arsch ab.«

Wir sagen nichts mehr. Trotzdem habe ich ein besseres Gefühl als vorher. Wenigstens haben wir ein bisschen miteinander geredet. Irgendwie muss ich ihr klar machen, dass ich ihr Lasse überhaupt nicht wegnehmen will. Vielleicht können wir dann einigermaßen freundlich miteinander umgehen, jedenfalls das. Irgendwann werde ich sie dann fragen, ob sie nicht Lust hat, mit mir zum Reiterhof zu kommen und Sigge kennen zu lernen. Wenn sie ihn sieht, wird sie vielleicht verstehen, warum ich nicht aufhören will, ihn zu betreuen. Niemand kann Sigge widerstehen, das weiß ich genau.

Es ist irgendwie komisch, am nächsten Tag Anna in der Schule zu treffen. Ich weiß nicht, wie ich mich verhalten soll. Eigentlich bin ich total wütend auf sie, sauer und enttäuscht. Aber ich will nicht, dass sie es merkt. Dabei macht Anna sich anscheinend gar keine Gedanken darüber, wie ich mich fühle. Sie erzählt freudestrahlend, was sie und Amanda gestern alles unternommen haben.

»Und wie geht's Putte?«, fragt sie schließlich.

»Gut, nehme ich an«, sage ich kurz.

Ich denke ja nicht im Traum daran, ihr zu erzählen, wie trist es ohne sie im Stall war. Das braucht sie nicht zu wissen.

»Ich vermisse ihn wirklich. Morgen fahren wir doch wieder zusammen zum Stall, so wie immer?«, fragt Anna.

Ich nicke und fühle mich etwas besser. Morgen ist vielleicht alles wieder wie sonst.

Und das ist es. Anna und ich striegeln und misten aus. Anschließend sitzen wir in der Sattelkammer, fetten die Sättel und Zaumzeuge ein und quatschen, als wäre nichts gewesen. Aber am Freitag geht es schon wieder los.

»Kannst du Putte wieder für mich versorgen? Ich bin heute Nachmittag bei Amanda«, sagt Anna, und anscheinend ist es ihr kein bisschen unangenehm.

Ich lasse mir nichts anmerken. Lächle nur und sage, klar, mach ich. Aber innerlich koche ich vor Wut. Wie kann sie nur? Was ist los mit ihr? Vor ein paar Monaten war sie noch überglücklich, dass sie Puttes Pferdemädchen werden durfte. Jetzt scheint es so, als wäre er ihr egal. Ich verstehe das überhaupt nicht. Amanda ist noch nicht mal cool. Dauernd kichert sie ohne Grund und reißt ihre blöden Kuhaugen auf.

Es ist wirklich ein Glück, dass es Sigge gibt. Er lässt mich nie im Stich. Es gibt keinen besseren Trost, als sein kleines weiches Maul an meiner Wange zu spüren. Geduldig hört er mir zu, und ich bin sicher, dass er alles versteht, was ich sage. Damit er merkt, wie lieb ich ihn habe, striegle ich ihn extra blank und bürste Mähne und Schweif, bis sie glänzen. Dann schleiche ich in die Futterkammer und hole ein paar Hand voll Hafer für ihn, obwohl das verboten ist. Während er gierig den Hafer verschlingt, drücke ich mich an ihn und lege meine Arme um seinen Hals. Wenn ich ihn doch nur mit nach Hause nehmen könnte!

Aber nein. Viel zu schnell ist die Zeit für die täglichen Reitstunden gekommen und ich muss Sigge dem Mädchen überlassen, das ihn reiten soll. Bevor ich selbst Pferdepflegerin wurde, habe ich mich darüber aufgeregt, wie eifersüchtig die Pferdemädchen ihre Ponys bewachen. Es war fast unmöglich, vor der Reitstunde mal ein Pferd zu bürsten oder es zu streicheln. Jetzt kann ich gut verstehen, warum.

Ich will auch nicht, dass jemand anderes sich mit Sigge beschäftigt. Er gehört mir. Zumindest sollte er mir gehören, nur mir. Mir wird schlecht, wenn ich sehe, wie plumpe Anfängerinnen auf seinem Rücken herumrutschen und mit scharfen Zügelrucken seinem Maul wehtun. Dann würde ich am liebsten in die Reithalle stürzen und ihn retten. Es ist zwar noch nicht lange her, dass ich selbst so etwas getan habe, aber das ist was anderes. Noch schlimmer ist es, wenn die richtig guten Reitgruppen dran sind. Ich hasse es wie die Pest, mit ansehen zu müssen, wie Sigge unter einer anderen Reiterin besser geht als unter mir. Schließlich gehören wir beide zusammen, er und ich.

»Anna hat angerufen«, sagt Mama, als ich vom Reiterhof nach Hause komme.

»Was wollte sie?«, frage ich.

»Ich weiß nicht. Sie ruft wieder an, sagte sie.«

Das muntert mich auf. Ich werde richtig fröhlich. Anna will sich bestimmt entschuldigen und mir sagen, wie Leid es ihr tut, dass sie nicht in den Stall mitgekommen ist. In Zukunft wird sie Putte, den Reiterhof und mich nie mehr im Stich lassen. Ich bin so sicher, dass sie genau das sagen wird, dass ich beinahe schon ihre Stimme hören kann. Bittend und voller Reue.

Aber als Anna anruft, klingt sie bloß eifrig und kein bisschen reuevoll. Ganz im Gegenteil.

»Du musst mir einen Gefallen tun, Lisa.«

»Was denn?«, frage ich abwartend.

Langsam wird es ein bisschen viel mit den Gefälligkeiten.

»Amanda und ich wollen auf die Schulfete gehen.«

»Erlaubt dein Vater das denn?«, frage ich verwundert.

Anna seufzt tief.

»Das ist es ja gerade. Ich trau mich nicht, ihn zu fragen, weil er garantiert nein sagt und mich in meinem Zimmer einschließt. Du weißt ja, wie streng er ist. Deshalb habe ich zu ihm gesagt, dass ich heute bei dir übernachte. Falls er anruft, kannst du dann einfach sagen, dass ich gerade draußen bin, damit er nicht misstrauisch wird?«

Nein, nein, nein, ich will das nicht. Ich will Annas Vater nicht anlügen. Wenn er das rauskriegt, dreht er vor Wut durch, und ich bin nicht scharf auf sein Gebrüll, von seinen Launen habe ich schon genug mitgekriegt. Außerdem kann er mich sowieso nicht leiden. Ich weiß genau, dass er glaubt, ich hätte einen schlechten Einfluss auf Anna. Wenn der wüsste, was für ein Bremsklotz ich eigentlich bin.

Wenn ich wirklich wollte, würde ich mich natürlich schon trauen dem fiesen Fritz eins auszuwischen. Aber ich will nicht. Warum fragt Anna mich eigentlich nicht, ob ich zu der Schulfete mitkommen will? Schließlich sind wir beide beste Freundinnen, und beste Freundinnen machen immer alles gemeinsam.

»Bitte, liebe Lisa …«

»Nein. Das mache ich nicht. Du brauchst gar nicht zu betteln, ich mache es doch nicht«, sage ich entschieden.

»Mensch, bist du blöd! Amanda hat schon Recht, du bist wirklich das Letzte.«

Das ist ja wohl die Höhe. Ich werde dermaßen sauer, dass mir beinahe die Luft wegbleibt. Ich knalle den Hörer auf. Eine ganze Weile bleibe ich neben dem Telefon stehen und knirsche vor Wut mit den Zähnen. Was fällt Anna eigentlich ein!

Ich stürme die Treppe hinauf in mein Zimmer. Ich knalle die Tür hinter mir zu und werfe mich heulend aufs Bett. Die Vorstellung, dass Anna und Amanda jetzt irgendwo zusammensitzen und darüber lästern, wie unheimlich blöd ich bin, macht mich so wütend und tut so weh, dass ich es kaum aushalten kann. Ich hasse sie, alle beide. Ich wünsche mir beinahe, dass der fiese Fritz anruft, damit ich ihm sagen kann, dass Anna gar nicht hier ist, sondern auf der Schulfete.

Das werde ich Anna nie vergessen. Nie, niemals. Sofort beschließe ich, dass ich kein Wort mehr mit ihr rede. Kein einziges Wort, solange ich lebe. Das wird ihr noch Leid tun, dass sie mich so behandelt hat, das schwöre ich.

6

Es ist schrecklich, am Montagmorgen zur Schule zu fahren. Zum ersten Mal in meinem Leben habe ich Bauchschmerzen bei dem Gedanken, Anna zu begegnen. Am allerliebsten würde ich zu Hause bleiben, damit ich sie nicht sehen muss. Aber es hat keinen Zweck, so zu tun, als wäre ich krank. Irgendwann muss ich ja doch zur Schule. Ich kann ihr nicht für immer aus dem Weg gehen.

Ich rechne nicht damit, dass Anna wie sonst an der Bushaltestelle vor der Schule auf mich wartet. Sie steht bestimmt mit der widerlichen Amanda in irgendeiner Ecke und kichert. Aber als der Bus in die Kurve vor der Schule einbiegt, sehe ich schon von weitem Annas rote Jacke. Sie sieht genauso aus wie immer, mit den Händen in den Taschen und ihrer hässlichen Mütze tief in die Stirn gezogen. Als sie mich hinter dem Busfenster entdeckt, winkt sie mir fröhlich zu, als wäre überhaupt nichts gewesen. Ich winke nicht zurück, sondern blicke stur geradeaus.

Natürlich würde ich auch am liebsten so tun, als wäre alles wie immer. Aber ich kann nicht. Anna hat mich zu sehr gekränkt. Das ganze Wochenende habe ich damit zugebracht, finstere Rachepläne zu schmieden und mich selbst zu bemitleiden. Das kann man nicht einfach so abschütteln. Als ich aus dem Bus steige, sehe ich sie auf mich zukommen, mit einem falschen Lächeln auf den Lippen. Da drehe ich mich um und gehe schnell weg.

Es ist nicht leicht, Anna wie Luft zu behandeln, weil wir in der Klasse nebeneinander sitzen. In der ersten Stunde versucht sie ein paar Mal, mit mir zu reden. Aber ich blicke direkt durch sie hindurch und tue so, als ob ich nichts höre und sehe. Die ganze Zeit habe ich ein Gefühl, als müsste ich gleich losheulen. Es ist so furchtbar. Normalerweise schwatzen wir in den Stunden immer zusammen. Aber jetzt sitzen wir stumm und steif da.

»Willst du heute den ganzen Tag lang nicht mit mir reden? Ich weiß, dass ich gemein zu dir war, aber so schlimm war es doch wohl auch nicht, oder? Ich hatte ja nur Angst, mein Vater kriegt raus, dass ich auf der Schulfete war. Es tut mir Leid, entschuldige«, sagt Anna bittend, als es zur Pause klingelt.

Eigentlich platze ich vor Neugier und will alles genau wissen, wie es auf der Schulfete war und so. Aber anstatt zu antworten, greife ich mir ein Buch und beginne darin zu blättern. Sie irrt sich. Es war schlimm. Ich kann ihr nicht verzeihen. Später vielleicht, aber nicht jetzt. Erst will ich, dass sie wirklich begreift, wie sehr sie mir wehgetan hat.

In meinem tiefsten Innern will ich natürlich, dass Anna auf Knien darum bettelt, dass ich wieder mit ihr rede. Aber das tut sie nicht. Sie wirft nur den Kopf in den Nacken und geht. Ein paar Minuten später sehe ich sie auf dem Gang. Sie und Amanda stehen dicht beieinander, die Köpfe zusammengesteckt, und gackern. Wahrscheinlich lästern sie über mich. Es tut mir weh, das zu sehen. Anna lacht, und mir ist zum Heulen.

Es wird noch schlimmer, als wir mit dem Bus zum Reiterhof fahren. Anna steigt zuerst ein und setzt sich an die hintere Tür, wo wir sonst immer sitzen. Ich stolziere an ihr vorbei und setze mich ganz nach hinten. Während der Fahrt tauschen wir keinen Blick. Anschließend gehe ich zehn Meter hinter ihr den Hügel von der Bushaltestelle zum Stall hinauf. Es ist nicht zu fassen, dass es jetzt so zwischen Anna und mir steht.

Ich weiß, dass ich nur zu ihr hinlaufen und »Hei« sagen bräuchte, damit wir wieder Freundinnen sind. Aber ich weiß auch, dass es nur wenige Tage dauern würde, bis das, was passiert ist, genau so wieder passiert. Ich kann das Gefühl nicht ertragen, nur dann Annas Freundin zu sein, wenn es ihr passt.

»Wir üben heute Springen, ihr könnt also die Steigbügel ein Loch kürzer schnallen«, sagt Maggan, als sie durch die Stallgasse geht, während wir aufsatteln.

In der Reithalle hat sie eine Reihe mit Cavalettistangen und vier Hürden aufgebaut, die uns erwarten. Sie sind nur wenige Handbreit hoch, aber sie sehen trotzdem erschreckend aus. Sigge begreift sofort, um was es geht, und er hüpft aufgeregt herum. Er liebt es, zu springen. Aber bevor es so weit ist, übt Maggan mit uns Balance halten. Es kommt darauf an, in den Steigbügeln zu stehen, ohne in den Sattel zurückzufallen. Maggan steht mitten in der Halle und beobachtet uns kritisch. Keiner unserer Fehler und Tricks entgeht ihrem Blick.

»Hände runter, Emma. Den Hintern hoch, Lisa. Treib Putte an, Anna«, kommandiert sie die ganze Zeit.

Ich versuche es genauso zu machen, wie es sein soll. Die Hacken tief, den Rücken gerade, den Blick nach vorn. Aber schon nach wenigen Runden durch die Halle beginnen meine Beinmuskeln zu schmerzen. Sigge macht es mir auch nicht leichter, indem er andauernd den Kopf hin und her wirft. Ich bin gezwungen, mich die ganze Zeit in seiner Mähne festzukrallen, um ihm nicht im Maul wehzutun. Als wir endlich zum Schritt verlangsamen dürfen, sind meine Haare unter der Reitkappe schweißnass.

»Jetzt sollt ihr eine Runde über die Cavaletti traben. Du fängst an, Lisa. Sigge will offenbar nicht länger warten«, ruft Maggan.

Da hat sie Recht. Sigge ist ganz aus dem Häuschen. Er tänzelt mit mir herum und weigert sich stillzustehen, so wie die anderen Pferde.

»Langsam und immer mit der Ruhe. Lass ihn nicht einfach losstürmen«, mahnt Maggan.

Ich versuche Sigge dadurch zu beruhigen, dass ich eine kleine Volte mit ihm trabe. Aber sobald wir Kurs auf die Cavaletti nehmen, reißt er mir die Zügel aus den Händen. Er rast in vollem Galopp über die Stangen, während ich mich an seiner Mähne festhalte. Ich versuche es noch mal und noch mal, aber ich kriege Sigge trotzdem nicht zum Traben. Schließlich packt Maggan ihn an der Trense und führt ihn ein paar Mal im Schritt über die Stangen.

Ich werde über und über rot. Es ist ein schreckliches Gefühl, so total zu versagen, wenn die anderen zuschauen. Am schlimmsten ist es, weil alle anderen ohne irgendein Problem über die Cavaletti traben. Sogar der schläfrige Putte schreitet richtig aus und schafft es. Anna lacht vergnügt.

»Jetzt wollen wir versuchen, eine Reihe zu springen«, sagt Maggan.

Sie zeigt uns Start und Ziel und in welcher Reihenfolge die Hindernisse übersprungen werden sollen.

»Vergesst nicht, dass es nicht um einen Wettbewerb geht. Geht es ganz ruhig und gelassen an. Zwischen den Hürden dürft ihr gerne traben, wenn ihr wollt. Wichtig ist, dass ihr die Hürden gerade ansteuert und die Pferde vorwärts treibt, so dass sie nicht verweigern oder vorbeilaufen«, sagt Maggan.

Sie sieht unsere verkniffenen Gesichter und lacht.

»Immer schön locker! Das ist eine Reitstunde und keine Beerdigung!«

Keiner lacht. Wir sehen uns unsicher an. Maggan hat leicht reden, dass wir uns keinen Stress machen sollen. Sie muss ja auch nicht versuchen, den ersten Springparcours ihres Lebens zu schaffen.

»Wer will anfangen?«, fragt Maggan.

Niemand meldet sich.

»Dann versuche ich es«, sagt Lieselott leise.

Sie ist eine, die immer das tut, was keine sonst machen will. Sie wirft Strohballen vom Heuboden herunter, fegt die Stallgasse und so was. Der Hengst, den sie reitet, ist ein ganz gewöhnliches braunes Gotlandpony, genau wie ein Reitschulpony sein soll, ein bisschen träge und sehr brav. Als Lieselott ihm mit ihren langen, dünnen Beinen Schenkeldruck gibt, trabt er gehorsam an und tut, was er tun soll. Ruhig und brav springt er über die vier kleinen Hürden, als wäre er eine Maschine und kein lebendiges Pferd mit eigenem Willen. Aber Lieselott ist natürlich zufrieden und kann sich wieder in den Sattel setzen, ohne sich blamiert zu haben.

»Jetzt du, Anna«, ruft Maggan.

Putte ist ein Pferd, das immer verweigert. Er ist ganz einfach zu faul zum Springen, wenn er es nicht unbedingt muss. Aber diesmal kann man schon von weitem sehen, dass Anna gar nicht daran denkt, ein Stehenbleiben zu tolerieren. Ich habe sie noch nie so entschlossen gesehen. Sie klatscht Putte mit der Gerte hinten drauf, so dass er antrabt, und dann treibt sie ihn mit energischem Schenkeldruck vorwärts. Putte erwacht aus seinem Halbschlaf und fällt sogar in Galopp. Ohne das leiseste Zögern springt er über alle Hürden.

»Sehr gut! Genau so muss er geritten werden«, ruft Maggan.

Anna strahlt über das Lob und wirft einen triumphierenden Blick in meine Richtung. Alle anderen bringen die Bahn hinter sich, bis endlich nur noch Sigge und ich übrig sind. Meine Hände sind schweißnass vor Aufregung. Ich habe nicht etwa Angst vor den Hürden, sondern dass ich Sigge nicht bändigen kann. Der Fehlschlag mit den Cavalettistangen war peinlich genug. Ich will nicht, dass Anna heute Abend kichernd Amanda berichtet, ich hätte die Hürden nicht geschafft.

Kaum hat Sigge mitgekriegt, dass wir jetzt an der Reihe sind, ist er schon wieder ganz aufgedreht. Er windet sich wie ein Wurm, um meinen kurzen Zügeln zu entgehen. Als ich Schenkeldruck gebe, damit er traben soll, fängt er stattdessen an zu galoppieren. Um ihn dazu zu bringen, geradeaus zu gehen, muss ich die Zügel nachgeben, und da nimmt er seine Chance wahr. Sofort prescht er auf das erste Hindernis zu und springt hoch hinüber. Ich kann nichts anderes tun, als mich an seiner Mähne festzuhalten und zu versuchen, ihn zu lenken.

Es geht schneller und immer schneller. Maggan ruft irgendwas, aber ich höre nicht, was. In der Kurve liegt Sigge fast auf der Seite, aber er stürzt nicht. Über die beiden letzten Hindernisse fliegt er in rasendem Tempo und anschließend senkt er den Kopf zwischen die Vorderbeine und bockt wie ein Mustang.

Ich habe keine Chance, mich im Sattel zu halten. Mit dem Kopf voran knalle ich auf die Erde, dass die Sägespäne nur so aufstieben. Vielleicht verliere ich für einen Moment das Bewusstsein, denn ich weiß nichts mehr, bis ich plötzlich Maggans besorgte Augen über mir sehe. In meinem Kopf dreht sich alles so komisch und ich merke, dass etwas aus meiner Nase läuft. Als ich mit den Fingern nachfasse, sehe ich, dass es Blut ist. Meine Finger sind klebrig-rot.

»Alles okay? Bist du verletzt?«, fragt Maggan.

Ich mache die Augen zu, damit ich nicht antworten muss. Mein Mund ist voller Sägespäne und das Blut tropft immer noch. Jemand kommt mit einem Schwamm und kaltem Wasser angelaufen und Maggan wischt mir das Gesicht ab.

»Tut dir irgendwas weh? Kannst du dich bewegen?«

Ich nicke zögernd. Vorsichtig versuche ich aufzustehen, aber da dreht sich alles nur noch schneller in meinem Kopf. Außerdem tut mein Arm schrecklich weh. Ich kann die Hand nicht bewegen, ohne vor Schmerz aufzuschreien.

»Wir tragen dich in den Stall und rufen einen Arzt«, sagt Maggan.

Sie streicht mir über die Wange.

»Keine Angst, das wird schon wieder, du wirst sehen.«

Ich habe kein bisschen Angst, mir ist nur schwindlig. Aber ich sehe, dass sie ängstlich ist. Ihre Augen sind ganz starr vor

Besorgnis. Plötzlich werde ich auf eine Trage gehoben und aus der Halle getragen. Eine Menge Augen flimmern an mir vorbei, und wie durch einen Nebel erkenne ich Annas Augen. Dann werde ich wieder ohnmächtig.

Als ich aufwache, liege ich in einem Bett in einem kalten, weißen Zimmer. Die helle Neonlampe an der Decke blendet mich, so dass mir Tränen in die Augen steigen. Mama sitzt auf einem Stuhl neben dem Bett und hält meine Hand. Eine Frau mit mürrischem Gesicht und weißem Kittel sieht mich forschend an.

»Wie fühlst du dich?«, will sie wissen.

»Gut«, sage ich.

»Gehirnerschütterung, denke ich«, sagt die Frau, und da begreife ich, dass sie Ärztin ist und ich im Krankenhaus bin.

Ich werde in einem Rollstuhl zum Röntgen gebracht. Anschließend taucht die Frau wieder auf und drückt an meinem schmerzenden Arm herum. Mir ist immer noch so schwindlig im Kopf, dass ich ein Gefühl habe, als ob das alles gar nicht wirklich passiert.

»Leichte Gehirnerschütterung und eine Stauchung des Handgelenks. Du hast Glück gehabt. Gebrochen ist nichts. In einer Woche geht es dir bestimmt wieder gut. Aber bis dahin kannst du nicht in die Schule.«

»Wann kann ich wieder reiten?«, frage ich.

Da lacht die Frau und sieht auf einmal richtig nett aus.

»Du bist ja ein ganz tapferes Mädchen, wie ich höre. Richtig so, man soll nie aufgeben. Sobald du wieder gesund bist, kannst du auch wieder reiten. Aber du musst mir versprechen, dass du zunächst noch besonders vorsichtig bist.«

Ich nicke und dann fährt Mama mich im Rollstuhl durch endlos lange Krankenhausflure bis auf den Parkplatz. Auf zittrigen Beinen gehe ich die paar Schritte zur Autotür und lasse mich auf den Sitz sinken. Mama setzt sich neben mich und umarmt mich vorsichtig, um meinen bandagierten Arm nicht zu drücken.

»Mein kleiner Spatz, was hatte ich für eine Angst«, sagt sie und wiegt mich in ihren Armen, das Gesicht in mein Haar gedrückt. »Ich dachte, mir bleibt das Herz stehen, als Maggan mich im Büro anrief und sagte, dass du mit dem Notarztwagen auf dem Weg ins Krankenhaus bist. Mir zittern jetzt noch die Knie.«

»Bin ich mit dem Notarztwagen gefahren?«, frage ich.

Schade, daran erinnere ich mich nicht. Das ist wieder mal typisch. Ich habe mich immer gefragt, wie es wohl ist, im Notarztwagen durch die Straßen zu jagen, und wenn es tatsächlich so weit ist, kriege ich es nicht mit.

Als ich am nächsten Morgen aufwache, komme ich mir vor wie eine verwöhnte Prinzessin. Mein Handgelenk tut mir zwar ein bisschen weh, aber ansonsten geht es mir super. In meinem Kopf dreht sich nichts mehr. Trotzdem will Mama nicht, dass ich aufstehe. Sie hat sich freigenommen, nur damit sie bei mir sein kann. Es ist das reinste Luxusleben. Ich kriege Frühstück ans Bett, so viel Eis, wie ich will, und ein neues Pferdebuch, das ich mir schon unheimlich lange gewünscht habe. Aber das Allerbeste ist, dass ich nicht in die Schule gehen und Anna begegnen muss.

Mein neues Buch handelt von einem Mädchen, das ein Pferd bekommt, aber sich nicht traut, darauf zu reiten. Da fällt mir plötzlich ein, dass ich seit dem Unfall fast gar nicht mehr an Sigge gedacht habe. Ob es ihm wohl Leid tut, dass er gebockt hat, so dass ich heruntergefallen bin und mich verletzt habe? Es wäre schön, wenn es so wäre, aber ich bin ziemlich sicher, dass er sein Heu ganz unbekümmert in sich hineinfuttert und keinen Gedanken an mich verschwendet.

Da taucht ein anderer Gedanke auf, ein unangenehmer. Was, wenn der Unfall mich genauso feige gemacht hat wie das Mädchen in dem Buch? Ich schiebe den Gedanken gleich wieder weg. Ich habe keine Angst. Kein bisschen. Wenn Mama es mir erlauben würde, dann würde ich sofort wieder zum Reiterhof fahren und Sigge besteigen. Ich lehne mich in die Kissen zurück und lese weiter. Es ist ganz still im Haus. Nichts zu hören außer Mamas Geklapper auf der Computertastatur und ein paar Vögeln, die in den Zweigen vor dem Fenster zwitschern. Aber nach einer Stunde ertönt das alberne »Dingdong« der Haustürklingel. Das ist sicher Lasse, der sehen will, wie es mir geht. Ich höre Mamas Stimme von weitem, und dann schnelle Schritte auf der Treppe.

Aber die Person, die da durch den Türspalt in mein Zimmer lugt, ist nicht Lasse, sondern Anna. Ich sehe sie verblüfft an.

»Hei. Wie geht's dir?«, fragt sie und wedelt verlockend mit einer Tüte Süßigkeiten.

»Gut«, sage ich leise.

Klar, ich habe mir geschworen, nie wieder ein Wort mit ihr zu reden, und ich bin immer noch sauer auf sie. Und trotzdem freue ich mich, sie zu sehen. Es ist wirklich komisch, dass man so viele verschiedene Gefühle gleichzeitig haben kann.

»Hat ja echt gemein ausgesehen, als du runtergefallen bist. Ich dachte einen Moment lang, du wärst tot«, sagt Anna.

»Das hätte dir wohl so gepasst«, sage ich spitz.

Anna geht einen Schritt zurück und wirft mir die Bonbontüte zu. Sie ist voller Salzlakritzen, die mag ich besonders gerne.

»Nun sei doch nicht mehr sauer. Ich weiß, dass ich Scheiße geredet hab. Das wollte ich gar nicht, es kam einfach so. Können wir nicht wieder Freundinnen sein?«, bettelt sie.

Eine Weile sagt keine von uns beiden was. Ich merke, dass Anna mir noch was anderes sagen will. Sie sieht mich so merkwürdig an.

»Was ist los?«, sage ich schließlich.

»Versprich mir, dass du nicht gleich wieder sauer wirst, okay? Ich habe Maggan gesagt, dass ich kein Pferdemädchen mehr sein will. Du weißt, wie sehr ich mich gefreut habe, als ich Betreuerin von Putte wurde. Ich dachte, es wäre eine supertolle Sache. Aber jetzt habe ich keine Lust mehr. Manchmal macht es natürlich schon Spaß, aber meistens finde ich es einfach lästig, jeden zweiten Tag zum Stall fahren zu müssen.«

Ich starre sie an und verstehe überhaupt nichts mehr. Wer würde denn freiwillig darauf verzichten, Pferdemädchen zu sein?

»Tickst du nicht mehr ganz richtig?«, frage ich.

Anna lacht.

»Nicht alle sind so verrückt nach Pferden wie du. Für dich gibt es ja fast nichts anderes. Aber mir reicht es völlig, einmal die Woche zu reiten. Ich will auch noch Zeit für andere Sachen haben.«

»Bist du deswegen jetzt so oft mit Amanda zusammen?«, frage ich leise.

Anna nickt.

»Ich möchte natürlich, dass wir auch weiterhin Freundinnen sind. Aber für dich sind der Stall und die Pferde das einzig Wichtige, und für mich nicht. Am Anfang war ich so froh darüber, deine Freundin zu sein, dass ich genauso werden wollte wie du. Aber inzwischen macht es mir keinen Spaß mehr, dauernd im Stall zu sein. Kannst du das verstehen?«

Die Gedanken in meinem Kopf jagen hin und her. Ich will am liebsten, dass alles so ist, wie es immer war. Aber so wird es nie wieder sein. Anna hat Recht. Ich denke fast nur an Pferde, und das werde ich auch weiterhin tun. Ich werde mich nicht ihretwegen ändern, und sie wird sich nicht meinetwegen ändern. Offenbar sind wir zu verschieden, um beste Freundinnen sein zu können. Das ist nicht Annas Schuld, und meine auch nicht. Es ist schon unheimlich traurig, aber was kann man da machen? Ich nehme eine Lakritze und gebe Anna die Tüte.

»Erzähl mir von der Schulfete. Ich will alles ganz genau wissen«, sage ich.

7

Die Stalltür ist genauso schwer und verklemmt wie immer. Ich muss dagegen treten, damit sie aufgeht. Im Stall drinnen ist es still und friedlich. Die Pferde stehen in ihren Verschlägen und kauen gemütlich auf den letzten Resten Heu vom Vormittag. Es ist, als wäre die Zeit stehen geblieben, seit ich das letzte Mal hier war. Gleichzeitig kommt es mir vor, als wären Ewigkeiten vergangen seit dem Tag, als Sigge mich abwarf. Aber es ist genau acht Tage und achtzehn Stunden her. Ich habe die Tage und Stunden gezählt, und mit jedem Tag habe ich Sigge mehr vermisst.

Aber nicht nur meine Sehnsucht, auch meine Unruhe ist mit der Zeit gewachsen. Als ich aus dem Krankenhaus nach Hause kam, war ich fest überzeugt, dass ich sofort wieder auf Sigge reiten würde. Am liebsten wäre ich sofort zum Reiterhof gefahren und hätte es versucht. Aber nach ein paar Tagen begann ich darüber nachzudenken, wie es wohl sein würde, wieder im Sattel zu sitzen, und dann wurde es immer schlimmer. Ich würde es niemals zugeben, aber eigentlich habe ich Angst. Eine Mordsangst. Der kalte Schweiß läuft mir den Rücken herunter, wenn ich ans Reiten denke.

Ich gehe zu Sigges Verschlag. Da steht er, süß wie immer. Ein erwartungsvolles Glitzern tritt in seine schelmischen Augen, als er mich entdeckt. Er weiß, dass ich immer eine Menge Leckerbissen für ihn in meinen Taschen habe. Ich gebe ihm ein paar Karotten und streichle mit der Hand über seinen Rücken. Die Angst liegt wie ein Ziegelstein in meinem Magen. Ein Glück, dass heute keine Reitstunde ist. Ich kann ganz alleine in der Halle reiten, ohne dass jemand zusieht. Manchmal ist es wirklich praktisch, eine Mutter zu haben, die mit der Reitlehrerin befreundet ist.

Als ich Sigge in die Reithalle führe, breitet sich die Angst vom Bauch bis in die Fingerspitzen aus. Der Geruch der Sägespäne lässt in mir die Erinnerung an alle schrecklichen Einzelheiten des Unfalls hochkommen. Die Hürde, über die wir springen, Sigge, der den Kopf zwischen die Beine senkt, und meine krampfhaften Versuche, mich an der Mähne festzuklammern. Ich erinnere mich an die Angst, die mich überfiel, als mir klar wurde, dass ich herunterfallen würde, ich spüre wieder, wie es war, durch die Luft zu fliegen, auf den Boden zu knallen und den ganzen Mund voller Sägespäne zu kriegen. Spüre wieder die Schmerzen im Arm und das Blut, das mir aus der Nase läuft. Ich brauche nur die Augen zuzumachen, und schon sehe ich wieder alles vor mir.

Nein, ich wage es nicht, aufzusteigen. Ich will lieber umkehren und Sigge wieder in den Verschlag bringen. Vielleicht kann ich stattdessen den faulen Putte ausleihen. Aber Mama und Maggan stehen schon in der Mitte der Reithalle und warten auf mich.

»Willkommen daheim«, sagt Maggan und lächelt. »Schön, dich wiederzusehen. Es ist mutig von dir, dich nach dem schlimmen Sturz wieder auf den Pferderücken zu trauen. Du brauchst keine Angst zu haben, ich verspreche es dir. Ich habe Sigge eine ganze Stunde an der Longe laufen lassen, damit er sich austobt. Na komm, ich helfe dir hinauf, bevor du es dir anders überlegst.«

Wahrscheinlich sieht sie die Furcht in meinen Augen. Ich habe keine Zeit zu protestieren, denn sie hat mich schon in den Sattel gehoben.

»Soll ich dich führen?«, fragt Mama.

Ich schüttle den Kopf. Es wäre zwar ein beruhigendes Gefühl, aber ich will nicht feige erscheinen. Rasch greife ich die Zügel und drücke Sigge die Schenkel in die Seiten. Er macht einen Satz vorwärts und sofort spüre ich die Panik in meinem Bauch aufbrausen. Aber als ich die Zügel anziehe, beruhigt er sich wieder und geht vernünftig geradeaus. Trotzdem wage ich kaum zu atmen, aus Angst, er könnte plötzlich mit mir davonstürmen. Wir reiten ein paar Runden im Schritt durch die Halle. Zuerst bin ich steif wie ein tiefgefrorenes Fischstäbchen, aber dann sinke ich tiefer in den Sattel und fange an, mich zu entspannen.

»Richtig so. Genau so soll es aussehen«, ruft Maggan aufmunternd. »Versuch jetzt mal, ein bisschen zu traben.«

Ich tue, was sie sagt, und versuche meine Angst zu verdrängen. Sigge wird schneller, aber er nimmt das Tempo sofort zurück, als ich ein wenig an den Zügeln ziehe. Ich reite einige Volten und Achten. Sigge gehorcht jeder meiner Hilfen. Entschlossen nehme ich Galopphaltung ein. Sigge kann es kaum abwarten, er schüttelt den Kopf und schnaubt voller Vorfreude. Sicherheitshalber halte ich mich schnell an der Mähne fest. Aber Sigge hat diesmal keine Dummheiten im Sinn. Brav galoppiert er eine Reihe von Zirkeln in jeder Richtung und verlangsamt dann gehorsam zum Trab.

Alles klappt perfekt. Trotzdem ist es irgendwie anders als sonst. Die selbstverständliche Freude darüber, auf Sigges

Rücken zu sitzen, ist weg. Stattdessen habe ich das Gefühl, als ob über meinem Kopf eine drohende Gefahr schwebt.

Doch ich bin natürlich froh und stolz, als ich in die Mitte reite und vor Mama und Maggan anhalte. Ich habe ihnen gezeigt, dass ich mich traue, wieder auf Sigge zu reiten. Dass die Angst immer noch in mir sitzt, weiß niemand außer mir. Alle beide lachen mich an, aber trotzdem spüre ich, dass etwas Seltsames in der Luft liegt. Trotz ihrer lachenden Gesichter sieht keine der beiden auch nur die Spur fröhlich aus.

»Was ist los?«, frage ich.

»Nichts«, sagt Mama schnell.

Sie sagt es ein bisschen zu schnell. Das beunruhigt mich. Sie lügt, das kann ich ihr schon von weitem ansehen. Meine Mutter ist eine unheimlich schlechte Lügnerin.

»Ist irgendwas nicht in Ordnung?«, will ich wissen.

Mama und Maggan wechseln einen Blick.

»Am besten sagen wir es gleich jetzt. Irgendwann erfährt sie es ja doch«, sagt Maggan.

Sie sieht mich ernst an und mein Magen zieht sich vor Angst zusammen. Etwas Schreckliches steht mir bevor, ich weiß es.

»Es tut mir Leid, Lisa, aber ich habe beschlossen, Sigge zu verkaufen.«

Ich sitze wie versteinert da. Mein Gehirn weigert sich zu verstehen, was Maggan gerade gesagt hat.

»Sigge ist zu unberechenbar für ein Reitschulpferd. Du weißt, dass er schon mehrere Schüler abgeworfen hat, und viele haben Angst vor ihm. Nach deinem Unfall will keiner der Anfänger mehr auf ihm reiten. Ich weiß, wie gern du ihn hast, aber das hier ist eine Reitschule, und wir können uns kein Pferd leisten, auf dem niemand reiten will.«

»Wird er an Lotta verkauft?«, frage ich leise.

Maggan nickt.

»Es tut mir wirklich Leid, Lisa, das musst du mir glauben. Aber ich habe keine andere Wahl. Ich werde den guten Ruf unserer Reitschule nicht riskieren, nur damit du weiterhin Sigge versorgen kannst.«

Langsam sickern ihre Worte in mein Bewusstsein. Die Gedanken rasen verzweifelt in meinem Kopf herum, immer und immer wieder. Es muss eine Lösung geben, es muss einfach. Plötzlich habe ich eine Idee. Eine fantastische, glänzende, wunderbare Idee. Wieso habe ich bloß nicht früher daran gedacht!

»Mensch, Mama! Lasse will doch ein Pony für Kristin kaufen. Kannst du ihm nicht sagen, dass er Sigge kaufen soll?«

Strahlend sehe ich Mama und Maggan an. Das wäre doch die perfekte Lösung. Kristin kriegt ihr Pony, Lasse braucht keine Zeit damit zu verschwenden, ein passendes Pferd zu finden, und ich kann mich weiterhin um Sigge kümmern. Alle werden glücklich und zufrieden sein. Der unmögliche Traum wird plötzlich Wirklichkeit. Wäre das toll, Sigge zu Hause in Hallondalen zu haben! Ich könnte jederzeit zu ihm gehen, wann immer ich will, ich könnte ihn sogar vom Fenster meines Zimmers aus sehen!

Aber meine leuchtenden Wunschträume zerplatzen wie eine Seifenblase, als ich sehe, wie Maggan den Kopf schüttelt.

»Das geht nicht«, sagt sie.

»Doch, das geht! Ich bin sicher, dass Lasse einverstanden ist, ihn zu kaufen. Er macht alles, was Mama ihm sagt!«

»Es geht trotzdem nicht. Ich habe Lotta schon vor einer halben Ewigkeit versprochen, dass sie Sigge kriegt, falls wir ihn jemals verkaufen. Das war schon, lange bevor du Sigge überhaupt kanntest. Sie hat ihn ebenso gern wie du. Ich kann das Versprechen, das ich ihr gegeben habe, nicht brechen. Das verstehst du doch wohl?«

Ich kann an Maggans Stimme hören, dass es keinen Sinn hat, sie überreden zu wollen. Sie wird ihre Meinung nicht ändern, niemals. Es ist aussichtslos. Ich würde mich am liebsten einfach in die Sägespäne fallen lassen und sterben.

»Wann? Wann nimmt Lotta ihn mit zu sich nach Hause?«, frage ich.

»Heute Abend. Der Transporter kommt in ein paar Stunden. Eigentlich hätte sie ihn längst abgeholt. Aber ich konnte sie überreden, damit zu warten, bis du wieder gesund bist. Ich wollte, dass du noch ein letztes Mal auf ihm reitest«, sagt Maggan.

Ich weiß nicht, ob sie meint, ich müsste ihr dankbar dafür sein, dass sie Lotta dazu gebracht hat, noch ein paar Tage mit dem Abtransport von Sigge zu warten. Aber Dankbarkeit ist echt das Letzte, was ich jetzt fühle. Ich höre kaum, was sie sagt. Das Einzige, was ich höre, sind die Worte »ein letztes Mal«. Das Echo dieser Worte hallt immer lauter in meinem Kopf. Ein letztes Mal sollte ich auf Sigges Rücken sitzen dürfen. Und dieses letzte Mal ist jetzt.

Ich möchte schreien, möchte toben. Ich möchte Maggan schlagen, möchte gegen die Wände treten und mit schweren Sachen um mich werfen. Ich möchte die Hacken in Sigges Flanken schlagen und fliehen, direkt in den Sonnenaufgang hineingaloppieren.

Aber es gibt keinen Ort, wohin ich fliehen könnte. Die Wände der Reithalle umschließen uns. Wir sind eingesperrt. Es gibt keine Hoffnung mehr. Ich habe Sigge verloren.

Ewig lange stehe ich in Sigges Verschlag, schmiege mich eng an ihn, das Gesicht in sein warmes Fell gepresst. Ich kann einfach nicht weggehen, wo ich doch weiß, dass ich ihn nie wiedersehen werde. Niemals mehr. Niemals, das ist eine so unfassbar lange Zeit. Jetzt muss ich den Rest meines Lebens ohne ihn verbringen. Das kann nicht sein.

Schließlich muss Mama kommen und meine Arme von ihm lösen, mich fortführen aus dem Verschlag und mich den ganzen Weg bis zum Auto vor sich herschieben. Als ich den Kopf wende, sehe ich, wie Sigge mir nachschaut. Seine dunklen Augen unter den Stirnhaaren leuchten mich an. Die ganze Situation ist so unwirklich. Es ist wie in einem Film, wo der Held und die Heldin sich lieben und doch gezwungen werden, sich zu trennen. Dass Sigge ein Pferd ist, macht keinen Unterschied. Ich fühle mich trotzdem, als würde ich vom Kummer zerrissen.

»Ich bin sicher, dass Lotta dir erlaubt, ihn manchmal zu besuchen«, versucht Mama mich zu trösten.

Aber ich kann ihr ansehen, dass sie selber weiß, was für ein erbärmlicher Trost das ist. Auch wenn ich Sigge vielleicht ab und zu mal sehen kann, ändert das nichts. Es wird nie wieder so sein wie früher. Ab jetzt ist Sigge Lottas Pferd, ganz allein ihres. Ich darf ihn nicht mal streicheln, ohne sie vorher um Erlaubnis zu fragen. Diesen Gedanken halte ich einfach nicht aus.

Den Rest der Woche weigere ich mich, zur Schule zu gehen. Mama sagt nichts dazu, obwohl ich eigentlich wieder ganz gesund bin. Sie sieht wohl, dass es mir jetzt schlechter geht als vorher, wo ich noch Gehirnerschütterung hatte. Mein Körper ist völlig schlapp und willenlos. Meistens liege ich auf dem Bett und versuche mir einzubilden, dass ich gar nicht existiere. Alles ist so sinnlos. Jetzt habe ich nichts mehr, worauf ich mich freuen kann. In der Schule ist bloß Anna, der ich gleichgültig geworden bin, und zum Reiterhof will ich nie wieder. Was soll ich denn da, wenn Sigge nicht mehr dort ist? Die anderen Pferde sind mir egal. Das sind nur ganz gewöhnliche Tiere. Nette Tiere eigentlich, aber keine, von denen man träumt. Sigge dagegen, der war der beste Freund, den ich jemals hatte. Ich vermisse ihn hunderttausendmal mehr, als ich Anna vermisse.

In der ersten Zeit ist Mama ein Wunder an Verständnis. Sie drängt mich nicht zum Reden und sie zwingt mich nicht dazu, mich zusammenzureißen und zur Schule zu gehen. Es tut gut, sich nicht so blöde Sachen anhören zu müssen wie, dass bald alles wieder in Ordnung kommt.

»Trauer braucht ihre Zeit«, sagt sie mehrere Male und streicht mir zärtlich übers Haar.

In der ersten Zeit ist sie ganz zufrieden damit, dass sie eine verständnisvolle Mutter sein kann, die mich in Ruhe trauern lässt. Aber nach ein paar Tagen merke ich an ihren prüfenden Blicken, dass sie langsam unruhig wird. Sie wird sich nicht ewig ansehen, wie ich auf meinem Bett liege und mich selbst bemitleide. Bald wird sie mit den mütterlichen Predigten anfangen, von wegen, dass ich mich nun wieder aufraffen und das Leben anpacken muss.

Da sind auch noch andere, die ungeduldig werden. Die Schule ruft mehrere Male an und erkundigt sich, wann ich denn endlich wiederkomme. Ein gebrochenes Herz ist anscheinend kein Entschuldigungsgrund dafür, dem Unterricht fernzubleiben. Eines Tages kommt sogar Anna. Unsere Klassenlehrerin hat ihr einen ganzen Koffer voller Hausaufgaben mitgegeben, die ich erledigen soll.

»Kannst du nicht bald wiederkommen? Es ist so langweilig ohne dich. Nächsten Freitag ist wieder Schulfete. Wollen wir nicht zusammen hingehen?«, fragt Anna.

Ich sollte mich eigentlich darüber freuen, dass sie mich vermisst, aber das tue ich nicht. Ich fühle gar nichts. Ich sehe sie an, aber ich schaffe es nicht mal, mir ein Lächeln abzuringen.

»Es gibt doch wirklich noch andere Sachen im Leben als Pferde«, versucht Anna mich aufzumuntern.

Sicher. Aber es gibt nur eine Sache, die mir gerade jetzt wichtig ist, und das ist Sigge. Und den gibt es nicht mehr. Jedenfalls nicht für mich. Die Vorstellung, dass Lotta jeden Tag mit Sigge zusammen ist, während ich hier liege und ihn nicht mal sehen darf, diese Vorstellung tut so weh, dass ich kaum atmen kann. Und außerdem habe ich das Gefühl, dass ich ihn im Stich gelassen habe. Denn das Allerschlimmste habe ich tief, ganz tief in mir verborgen, wo ich selbst es kaum wiederfinden kann.

Meine Sehnsucht nach Sigge ist zwar grenzenlos, aber gleichzeitig ist da auch eine Spur von Erleichterung, dass er nicht mehr in der Reitschule steht. Ich schäme mich dafür und würde es am liebsten nicht zugeben, aber so fühle ich. Denn jetzt brauche ich nicht mehr gegen meine Angst zu kämpfen, ihn zu reiten. Ich brauche nicht mehr die Angst wegzudrücken, die jedes Mal heraufkroch, wenn mir eine Reitstunde bevorstand. Meine Gefühle sind so durcheinander, dass ich sie nicht richtig einordnen kann.

Ich will nur eins: dass alles so ist wie vor dem Unfall. Da habe ich Sigge vertraut und mir selbst auch. Vielleicht hätte ich dieses Gefühl wiederfinden können, wenn Lotta Sigge nicht gekauft hätte. Wenn ich ihn nur noch ein paar Mal hätte reiten können, dann wäre ich die Angst vielleicht losgeworden. Aber das werde ich nun nie erfahren. Ich fühle Erleichterung und Schuld zugleich. Ich kriege das einfach nicht auf die Reihe.

»Jetzt solltest du bald wieder in die Schule gehen«, sagt Mama.

»Noch nicht«, antworte ich und drehe meine Gesicht zur Wand.

Denn mit jedem Tag, der verstreicht, fällt es mir schwerer, wieder in die Schule zu gehen. Es wird schrecklich sein, alle wiederzusehen und erklären zu müssen, warum ich so lange weg war. Aber zuzugeben, dass ich mich so dermaßen nach einem Pferd sehne, dass ich ohne es nicht mehr leben will, wäre echt idiotisch. Für einen Moment wünsche ich mir, ich könnte den Rest meines Lebens im Bett bleiben.

Schließlich wird Mama so ungeduldig, dass sie sich nicht mehr beherrschen kann.

»So, Lisa, jetzt musst du dich aber wirklich zusammenreißen.«

»Ich will mich nicht zusammenreißen. Lass mich in Ruhe«, fauche ich.

»Weißt du nicht mehr, wie sehr du gebettelt hast, endlich

reiten zu dürfen? Vor einem Jahr war das dein größter Wunsch, oder etwa nicht? Du brauchtest nur ein Pferd zu sehen, und schon hattest du Tränen in den Augen vor Sehnsucht. Du hast sogar versucht, mich zu überreden, dich auf diesem schrecklichen Bauernhof reiten zu lassen. Damals hast du davon geträumt, auf ihren alten, abgetakelten Kleppern zu reiten.«

Ich nicke widerwillig.

»Vor einem Jahr wusstest du noch nicht mal, dass es einen Sigge gibt. Ich verstehe ja, dass du traurig bist. Aber du darfst nicht aufgeben, Lisa. Du kannst jetzt auch nicht mit dem Reiten aufhören, wo du gerade gelernt hast, wie man es macht. Soll ich uns nicht für morgen zwei Pferde aus der Reitschule mieten, damit wir in den Wald ausreiten können? Ich weiß, dass es nicht dasselbe ist wie Sigge zu reiten, aber vielleicht macht es ja trotzdem Spaß?«

Mama redet und redet. Ich mache die Augen zu und tue so, als wäre ich ganz woanders. Sie hat keine Ahnung. Ich *will* nicht finden, dass irgendetwas Spaß macht.

8

Vielleicht wäre ich noch ewig im Bett liegen geblieben. Aber eines Nachmittags kommt Lasse die Treppe heraufgestürmt und zieht mir die Bettdecke weg. Er sprudelt über vor Fröhlichkeit.

»Hoch mit dir, Lisa. Du hast keine Zeit, noch länger hier zu liegen und zu faulenzen.«

»Ich faulenze nicht. Ich trauere«, sage ich missmutig.

»Weiß ich«, sagt Lasse munter. »Aber jetzt hast du lange genug getrauert. Das Leben geht weiter, und wir haben eine Menge zu tun.«

»Was denn?«, frage ich und werde gegen meinen Willen neugierig.

»Es ist Zeit für das große Stallaufräumen. Wir haben schon angefangen. Alle Sachen sollen raus, und dabei musst du uns helfen. Kristin und ich schaffen das nicht alleine.«

Der Stall. Kristins Pony. Nein danke! Mit einem Ruck reiße ich die Bettdecke wieder an mich und ziehe sie mir schnell über den Kopf. Ich rechne damit, dass Lasse jetzt versuchen wird, mich zu überreden. Dass er bettelt und jammert und drängelt. Aber er poltert einfach wieder die Treppe hinunter. Ich liege unter meiner Bettdecke und koche vor Ärger. Wieso bildet der sich ein, dass ich Kristin mit ihrem Pferd helfe, wo ich gerade mein eigenes Pony verloren habe? Na ja, nicht so ganz mein eigenes, aber fast. Hat er wirklich geglaubt, dass ich mithelfen würde, den Stall in Ordnung zu bringen? Offenbar ist er noch dümmer, als ich dachte.

Nach einer Weile verfliegt mein Ärger. Ich muss zugeben, dass ich trotz allem ein klein bisschen neugierig bin. Sind Lasse und Kristin wirklich dabei, den Stall zu renovieren? Will Lasse ein Pony für Kristin kaufen, obwohl ich es nicht versorgen werde? Vorsichtig steige ich aus dem Bett und schleiche zum Fenster. Ich will nicht, dass Mama die Fußbodendielen knarren hört und merkt, dass ich aufgestanden bin. Durch das Fenster kann ich den Garten auf der Rückseite des Hauses überblicken, über die alten, knorrigen Apfelbäume bis hin zum Stall. Er sieht genauso verlassen aus wie immer. Lasse hat also bloß versucht, mich aus dem Bett zu kriegen.

Trotzdem bleibe ich am Fenster stehen. Der Stall sieht verfallen aus. Die rote Farbe blättert ab und das Dach ist in der Mitte leicht eingesunken. Aber mit einem neuen Anstrich könnte er wieder richtig gut aussehen. Aus der unbenutzten Wiese hinter dem Stall könnte man leicht eine Koppel machen. Das Einzige, was fehlt, ist ein Pferd. Mein Pferd.

Plötzlich geht die Stalltür auf und Lasse kommt heraus. Er trägt einen alten Schaukelstuhl vor sich her und geht auf das Haus zu. Hinter ihm geht Kristin mit einer seltsamen Lampe in der einen Hand und einer Holzkiste in der anderen. Lasse hat also doch nicht gelogen. Sie sind wirklich dabei, den Stall aufzuräumen. Mir wird ganz schwindlig vor Neid. Warum sind es nicht Papa und ich, die planen, ein Pferd zu kaufen und einen Stall herzurichten? Lasse und Kristin verschwinden im Haus. Ich stehe am Fenster und tue mir selbst noch mehr Leid. Mein Pflegepferd ist verkauft, mein Vater hat keine Zeit für mich, und meine beste

Freundin ist nicht länger meine beste Freundin. Das Leben ist so ungerecht.

Ein Hase hoppelt quer über die Wiese. Ich folge ihm mit meinem Blick. Der meiste Schnee ist weggeschmolzen. Kleine Bäche von Schmelzwasser rinnen den Hügel hinunter, wo die Johannisbeersträucher stehen. Im Herbst waren sie noch große, üppige Büsche mit Unmengen grüner Blätter. Jetzt sind sie nur noch dürres, sperriges Gestrüpp. Plötzlich merke ich, dass die Sonne scheint.

Ich habe eine Idee und öffne das Fenster. Die kühle Luft strömt ins Zimmer. Ich beginne in meinem dünnen Nachthemd zu zittern. Aber dann drehe ich mein Gesicht zur Sonne und spüre tatsächlich einen Hauch von Wärme in ihrem Licht. Von der Dachrinne über mir tropft es, und die kleinen Vögel zwitschern ausgelassen. Frühling liegt in der Luft. Auf einmal ist es gar nicht mehr verlockend, wieder ins Bett zu kriechen. Ich will raus.

Schnell ziehe ich mir Jeans und einen Pullover an und renne die Treppe hinunter. Die Wiese ist ganz matschig von all dem Schmelzwasser. Die Gummistiefel versinken tief im Boden, und es schmatzt, wenn ich gehe. Ich hole tief Luft und springe wie ein kleines Kind mitten durch die Pfützen in der Auffahrt. Da habe ich in meinem Bett gelegen und nicht mal gemerkt, dass der Frühling gekommen ist! Am Graben neben der Straße ragen zerzauste Büschel von braunem Vorjahresgras aus den traurigen schmutzigen Resten der größten Schneewehen. Aber als ich mich hinunterbeuge und mir den Boden genau ansehe, entdecke ich das, was ich gesucht habe. Die erste Huflattichblüte dieses Jahres. Sie leuchtet wie eine kleine Sonne in all dem Grau.

Ein Stück weiter finde ich noch mehr Blumen. Ich pflücke einen kleinen Strauß und setze mich an den Wegrand. Der Wind weht durch meine Haare und die Sonne wärmt mein Gesicht. Mir wird ein kleines bisschen leichter ums Herz. Plötzlich setzt sich jemand neben mich. Es ist Kristin.

»Hei! Was machst du?«, fragt sie.

»Nichts«, sage ich und stecke die Nase in meinen gelben Strauß.

Möchte bloß wissen, was sie will. Früher hat sie kein Wort freiwillig mit mir geredet.

»Ich habe von deinem Unfall gehört und dass sie dein Pflegepony verkauft haben. Tut mir echt Leid«, sagt Kristin.

Ich werfe ihr einen misstrauischen Seitenblick zu. Das sieht ihr gar nicht ähnlich. Überhaupt nicht. Schweigend sitzen wir eine Weile so da.

»Was willst du eigentlich?«, frage ich, als die Stille langsam peinlich wird.

»Ich weiß nicht, wie ich anfangen soll. Wo ich doch so gemein zu dir war«, sagt Kristin zögernd.

»Nett warst du jedenfalls nicht gerade«, sage ich.

Wir lächeln uns verlegen an.

»Okay«, sage ich. »Soll ich raten? Du möchtest wissen, ob ich dir nicht dabei helfen will, dein Pony zu versorgen, wo ich doch jetzt kein anderes Pferd mehr habe, um das ich mich kümmern muss.«

»Würdest du das machen?«, fragt Kristin.

»Nein«, sage ich.

»Und warum nicht?«

Ich lache.

»Was meinst du wohl? Könnte es vielleicht etwas damit

zu tun haben, dass ich weiß, wie blöd du mich findest? Könnte es vielleicht sein, dass ich es nicht besonders toll finde, mich um dein Pferd zu kümmern, wo ich doch selbst eines haben möchte?«

»Ich habe ja gesagt, dass es mir Leid tut, wie eklig ich zu dir war«, sagt Kristin.

Ich schüttle den Kopf, dass die Haare nur so fliegen.

»Glaubst du wirklich, das reicht schon, damit ich mich um dein Pferd kümmere? So einfach ist das nicht, das siehst du doch wohl ein, oder? Du würdest über alles meckern, was ich mache. Dass ich es falsch reite oder zu viel bürste oder zu wenig. Das sind nicht gerade rosige Aussichten. Nein danke!«

»Bitte, Lisa! Wenn du mir nicht hilfst, kriege ich kein Pferd. Ich schwöre dir, dass ich nie wieder gemein zu dir sein werde.«

Nein, nein, nein. Ich will nicht. Alles geht viel zu schnell. Bevor ich daran denken kann, mich um ein anderes Pferd zu kümmern, muss ich mich erst an den Gedanken gewöhnen, dass Sigge nicht mehr da ist. Aber es ist schon ein gutes Gefühl, zu hören, wie Kristin mich um meine Hilfe bittet. Ich hätte nie gedacht, dass sie das übers Herz bringt. Wo sie mir gegenüber früher immer die Überlegene herausgekehrt hat. Jetzt hat sie sogar Tränen in den Augen und sieht überhaupt nicht mehr so cool aus wie sonst immer. Es ist ein merkwürdiges Gefühl, dass ich die Macht darüber habe, ob sie ein Pony kriegt oder nicht. Befriedigend und erschreckend zugleich.

Hinter uns knirschen Schritte im Kies. Lasse kommt.

»Sie will nicht«, sagt Kristin und sieht ihn flehend an.

Lasse legt einen Arm um mich. Ich werfe einen schnellen Blick zu Kristin, um zu sehen, ob es sie eifersüchtig macht. Aber sie scheint es nicht einmal zu bemerken.

»Keiner wird dich zu etwas zwingen, Lisa, das weißt du doch, oder?«, sagt Lasse. »Es ist ganz klar, dass du nur das tust, was du selbst willst. Aber wir hatten eigentlich vor, uns heute ein Pony anzusehen. Du könntest doch wenigstens mitkommen und sagen, was du davon hältst. Vielleicht ist das ein viel besseres Gefühl, als du denkst?«

Ein Pferd anschauen? Heute schon? Komisch, aber es klingt eigentlich ziemlich verlockend, wirklich. Ich nicke zögernd. Kristin beginnt zu strahlen und Lasse macht ein zufriedenes Gesicht.

Dann geht alles ganz schnell. Eine Stunde später sitzen wir schon alle zusammen im Auto. Lasse und Mama vorne, Kristin und ich hinten. Mama war es, die in einer Anzeige das Pferd entdeckt hat, das wir uns ansehen werden. Ein New-Forest-Pony, acht Jahre alt, brav und gut erzogen, stand in der Anzeige.

»Erwartet nicht zu viel. Vermutlich ist es bösartig, hat einen krummen Rücken und ist auch sonst nicht zu gebrauchen. Was in den Anzeigen steht, stimmt meistens nicht«, sagt Mama und lächelt Kristin an.

»Ich erwarte gar nichts«, sagt Kristin und wirft mir einen Blick zu.

Aber trotzdem ist die Stimmung im Auto irgendwie nervös und aufgeregt. Es passiert wirklich nicht alle Tage, dass wir unterwegs sind, um uns ein Pferd anzusehen, das wir vielleicht kaufen wollen. Es ist schon ganz schön spannend, das muss ich mir widerwillig selbst eingestehen.

Erst fahren wir durch die Stadt. Dann geht die Straße durch einen großen Wald mit tief hängenden Zweigen zu beiden Seiten. Mama macht das Radio an und singt die Lieder lauthals mit. Es hört sich grausam an. Lasse legt einen Arm um sie und gibt ihr einen Kuss mitten auf den Mund, damit sie still ist. Kristin und ich sehen verlegen erst den beiden zu und dann aus unseren Fenstern. So haben sie sich noch nie aufgeführt, wenn eine von uns dabei war.

Wir biegen in einen kurvigen Sandweg ein und das Auto schaukelt durch die Schlaglöcher.

»Da ist es«, ruft Mama und zeigt nach vorne.

Vor uns liegt ein Bauernhof mit einem langen Stallgebäude und einem gelben Wohnhaus mit weißen Eckbalken. Vor dem Stall steht eine ganze Reihe von Sulkys und Wagen. Nebenan ist eine Koppel mit einer Herde Pferde darauf. Die Pferde schauen über den Zaun und beobachten uns neugierig, als wir vorbeifahren. Kristin und ich drücken unsere Gesichter gegen die Autofenster, um besser sehen zu können. Aber ein braves und gut erzogenes New-Forest-Pony können wir nirgends entdecken. Das scheinen alles nur ziemlich klapprige und sehr mit Lehm verdreckte Trabpferde zu sein.

Lasse fährt auf den Hofplatz vor dem Haus und stellt den Motor ab. Sofort geht die Haustür auf und ein großer Mann in hohen Stiefeln und einem dicken grünen Sweater kommt heraus. Er hat einen riesigen Schnurrbart, dessen Enden im Wind flattern, und er lacht so breit, dass seine gelben Zähne zu sehen sind.

»Sind Sie die Interessenten, die sich den New Forest ansehen wollen?«, fragt er.

Als Lasse nickt, streckt er eine schwielige Pranke aus und begrüßt uns alle der Reihe nach mit Handschlag.

»Willkommen, ich bin Bertil. Hier entlang«, sagt er und stiefelt auf den Stall zu. »Wir haben ihn zum Vorführen reingeholt. Draußen werden sie bei dem Boden immer so dreckig«, sagt er über die Schulter zu uns.

Obwohl ich mit all dem ja eigentlich nichts zu tun habe, ist es spannend. Es ist wie Heiligabend, kurz bevor man die Geschenke aufmachen darf. Könnte ja sein, dass da drinnen ein Traumpferd steht und uns erwartet.

»Tja, da haben wir ihn. Eigentlich heißt er Runaway, aber wir nennen ihn Olle«, sagt Bertil und zeigt auf eine Box.

Das Pony, das dort steht und uns mit sanften braunen Augen anschaut, ist groß und braun mit einer breiten Blesse. Die Stirnhaare sind bloß ein schwarzer Pinsel zwischen den Ohren, und die Mähne steht senkrecht und wippt in alle Richtungen. Er sieht lieb aus. Trotzdem bin ich enttäuscht. Ich weiß gar nicht, was ich eigentlich erwartet hatte. Vielleicht dieses Gefühl von Zusammengehörigkeit, wie ich es hatte, als ich Sigge sah. Liebe auf den ersten Blick, wie es immer in den Romanen steht, von denen Mama sagt, dass sie sie nicht liest, die aber trotzdem auf ihrem Nachttisch liegen. Aber es geht hier ja auch nicht um mich, sondern um Kristin. Es ist komisch, dass es mir immer wieder gelingt, das zu vergessen. Aber die Spannung reißt mich einfach mit, obwohl ich es gar nicht will.

Kristin geht zur Box und streichelt vorsichtig das rosa Maul des Ponys. Es lässt sich brav anfassen und reibt zutraulich seine Nase an ihrer Schulter. Bertil geht in die Box und führt das Pony heraus in den Stallgang.

»Wir haben ein tierärztliches Attest für ihn, aber Sie wollen ihn sicher selbst in Augenschein nehmen«, sagt er.

Wir sehen uns alle ziemlich verlegen an. Lasse hat keinen blassen Schimmer von Pferden. Und weder Kristin noch ich wissen, was man bei einem Pferdekauf beachten soll. Also ist Mama unsere einzige Pferdeexpertin. Ich bin richtig stolz auf sie, als sie zu dem Pony geht, die Hand über seinen Rücken gleiten lässt und seine Beine abtastet. Ich weiß ja nicht, wie viel sie eigentlich von Pferden versteht, aber es sieht immerhin so aus, als wüsste sie, was sie tut.

Olle steht brav still, während Mama ihn untersucht. Er hat einen runden Bauch, ohne direkt dick zu sein, und die Beine sind lang und kräftig. Ich finde, er sieht aus wie ein perfektes Reitschulpferd. Brav, aber ein bisschen langweilig. Ein Traumpferd ist er sicher nicht. Jedenfalls nicht mein Traumpferd. Aber Kristin sieht nicht enttäuscht aus. Sie steht die ganze Zeit neben ihm und tätschelt seinen Hals.

Bertil verschwindet für einen Moment und kommt mit einem Sattel und dem Zaumzeug im Arm zurück.

»Welche der beiden jungen Damen will ihn Probe reiten?«, fragt er.

»Ich«, antwortet Kristin.

»Alle beide«, sagt Mama fest. »Wenn Lisa ihn versorgen soll, muss sie ihn natürlich auch Probe reiten. Ihr könnt kein Pferd kaufen, mit dem sie nicht zurechtkommt.«

In meinem Bauch kribbelt es. Wenn ich das erste Mal auf einem fremden Pferd reite, bin ich immer nervös. Außerdem merke ich, dass die Angst seit meinem Unfall immer noch in mir sitzt. Anscheinend hat es nicht nur was mit Sigge zu tun, wie ich geglaubt und gehofft hatte. Irgendwie fühle ich mich jetzt noch ängstlicher als bei meinem letzten Ritt.

»Wenn ihr alle beide reiten wollt, ist es wohl am besten, wir nehmen noch ein zweites Pferd. Du kannst Star satteln, wenn du willst«, sagt Bertil und nickt mir zu. »Als Pferd ist er kaum der Rede wert, aber drauf sitzen kann man.«

Ich folge ihm zu der Box am anderen Ende des Stalles und schaue in die Box, auf die er zeigt. Im ersten Moment denke ich, dass sie leer ist. Aber dann sehe ich, dass dort ein kleines, zerzaustes, schwarzes Pony in einer Ecke der riesigen Box steht. Die strähnigen Stirnhaare reichen ihm bis zu den Nüstern, und darunter sind ein paar dunkle Augen zu erkennen, die mich misstrauisch anblinzeln. Als ich die Tür der Box öffne, dreht das Pony sich herum und hebt drohend eines der Hinterbeine.

»Sei vorsichtig, er ist ein böser kleiner Racker. Pass auf, dass er dich nicht beißt. Er hat mich schon ein paar Mal gezwickt. Warte, ich helfe dir in den Sattel«, sagt Bertil.

»Warum ist er so schlecht gelaunt?«, will ich wissen.

»Keine Ahnung«, antwortet Bertil und springt geschickt zur Seite, als das Pony nach ihm schnappt. »Entweder ist er von Natur aus bösartig, oder irgendjemand hat ihn schlecht behandelt. Ich vermute eher Letzteres. Aber ich weiß fast nichts über ihn. Ich habe neulich einige Traber eingekauft. Die Verkäufer wollten ins Ausland gehen und alle ihre Pferde auf einen Schlag los werden. Na ja, und er war dabei. Ich dachte, dass eines der Mädchen, die hier im Stall aushelfen, ihn vielleicht haben will. Aber er ist so bissig, dass sich keine in seine Nähe traut. Wollt ihr nicht vielleicht zwei Pferde haben? Den hier verschenke ich sozusagen.«

»Ich glaube nicht«, sage ich.

Star mit seinen langen dürren Beinen und seinem knochigen Körper sieht wirklich nicht aus wie ein Stern. Die Rippen scheinen durch das Fell hindurch und sein Schweif ist dünn. Aber er hat etwas. Etwas, das ich nicht richtig erklären kann, weckt in mir den Wunsch, ihn zu streicheln, obwohl er seine Ohren zornig zurückgelegt hat. Hinter all dem Zorn ist er ängstlich, das weiß ich ganz sicher.

Nachdem Bertil ihn gesattelt und aufgetrenst hat, übergibt er mir die Zügel.

»Halte ihn sehr kurz, damit er dich nicht beißt. Du brauchst keine Angst zu haben. Er ist nicht sehr klug, aber er ist unheimlich gut zu reiten. Nur im Stall ist er kaum zu bändigen.«

Wir führen die Pferde zu einem Reitplatz hinter dem Stall. Ich halte Star direkt unter der Trense, damit er mich nicht beißt. Die Erwachsenen stellen sich am Zaun auf, während Kristin und ich die Pferde besteigen. Alle schauen nur auf Kristin und Olle. Es ist erleichternd, dass niemand sich um mich kümmert, so kann ich mich in aller Ruhe mit Star vertraut machen. Ich wühle in meiner Tasche nach einem Leckerbissen. Vorsichtig biete ich ihm eine Karotte an. Star beäugt abwartend die Leckerei, und ich bin darauf vorbereitet, dass er mich beißt. Aber nachdem er eine ganze Weile gezögert hat, nimmt er die Karotte aus meiner Hand. Sein Maul ist weich und anschmiegsam. Als wäre es aus Samt gemacht.

Während er die Karotte verputzt, klopfe ich ihm sachte den Hals. Er dreht ärgerlich die Ohren nach hinten, rührt sich aber nicht. Mein Magen hüpft vor Aufregung. Warum habe ich nicht gesagt, dass ich eigentlich gar nicht reiten will? Jetzt ist es zu spät dafür. Ich bin gezwungen, in den Sattel zu steigen. Star steht still, während ich den Fuß in den Steigbügel setze, aber als ich aushole, um mich hinauf zu schwingen, schnappt er nach mir. Seine Zähne zwicken haarscharf an meinem Po vorbei.

Ich setze mich im Sattel zurecht und greife die Zügel. Mein Herz klopft wahnsinnig, aber ich atme tief durch und drücke die Schenkel an. Mein Körper ist auf eine Katastrophe vorbereitet. Dass Star mit mir durchgeht und über die Umzäunung des Reitplatzes springt, dass er sich aufbäumt oder plötzlich bockt wie ein Rodeo-Mustang. Aber zu meiner großen Verwunderung passiert nichts von all dem. Star beginnt ganz einfach zu gehen, mit kleinen, trippelnden Schritten. Wenn ich an dem einen Zügel ziehe, dreht er den Kopf. Aber wenn ich auch noch mit dem Schenkel nachhelfe, begreift er, dass ich eine Kurve will.

Der Reitplatz ist groß. Wir reiten brav einige Runden. Langsam löst sich die Unruhe in meinem Bauch auf. Das hier ist überhaupt nicht so schrecklich, wie ich gedacht hatte. Nachdem ich mich beruhigt habe, sehe ich zu Kristin hinüber. Ich habe sie noch nie reiten gesehen. Lasse hat natürlich gesagt, dass sie unheimlich gut ist, aber Lasse kann man nicht glauben, was solche Sachen angeht. Er hat bestimmt auch zu Kristin gesagt, dass ich unheimlich gut wäre, und das stimmt nicht. Ich bin eine kleine Anfängerin, mehr nicht.

Was Kristin angeht, hat Lasse Recht. Sie macht auf dem Pferd wirklich eine klasse Figur. Konzentriert, aber doch entspannt. Ihre langen Haare hat sie zu einem Zopf geflochten, der ihr im Takt auf den Rücken schlägt, wenn sie leichttrabt. Man kann schon von weitem sehen, dass sie weiß, was sie tut. Sie kann all das, von dem ich noch nicht weiß, wie es geht: Vorhandwendungen in beide Richtungen, rückwärts reiten und Schenkelweichen. Olle tut alles, was Kristin von ihm will. Bei den Trabvolten tritt er mit den Hinterbeinen auf der Stelle und biegt den Hals. Es sieht richtig elegant aus.

Olle ist kraftvoll, zuverlässig und gehorsam, wie ein gutes Pferd sein soll. Trotzdem finde ich ihn ein bisschen langweilig. Irgendetwas fehlt ihm. Charme und eine richtige Persönlichkeit. Aber ich kann Mama ansehen, dass sie begeistert ist. Kristin sieht ebenfalls zufrieden aus. Anscheinend wird Olle das Pferd sein, das künftig zu Hause im Stall steht. Falls ich bereit bin, ihn zu betreuen, natürlich.

Ich weiß nicht richtig, was ich will. Der Gedanke kommt mir nicht mehr ganz so unmöglich vor wie heute Morgen. Komischerweise ist die Sehnsucht nach Sigge jetzt nicht mehr ganz so stark, wo ich andere Pferde um mich herum habe.

9

Kristin soll auch probeweise springen. Bertil schleppt Hürdenkreuze und Stangen aus einem Schuppen neben dem Paddock heran. Lasse und Mama helfen ihm dabei. Mich haben sie anscheinend alle vergessen. Mein Probereiten ist wohl nicht so wichtig, denke ich eingeschnappt. Ich soll das Pferd ja bloß versorgen. Kristin wird es gehören, und das ist ein großer Unterschied.

Langsam wird es langweilig, immer nur im Schritt herumzureiten und darauf zu warten, dass ich an der Reihe bin. Ich nehme die Zügel kürzer und gebe Star die Schenkel. Zuerst dreht er seine Ohren ärgerlich nach hinten und tut so, als verstünde er nicht, was ich will. Aber als ich den Schenkeldruck verstärke, fängt er an zu traben. Die Verwandlung ist enorm. Als würde ich auf einem ganz anderen Pferd sitzen und nicht auf dem mürrischen Pony, auf dem ich gerade eben noch gesessen habe. Er hat einen so weichen Trabschritt, dass wir beinahe über den Boden fliegen. Es holpert kein bisschen und ist ganz leicht, Fühlung zu nehmen und tief im Sattel zu sitzen.

Nach einigen Runden merke ich, dass mir Tränen die Wangen herunterlaufen. Mein Körper erkennt diese Art von Trab wieder. Es ist genau so, als würde ich Sigge reiten. Derselbe leichte, fließende Gang. Ohne darüber nachzudenken, nehme ich Galopphaltung ein. Star ist sofort einverstanden. Seine Ohren zeigen nach vorne und er wird schneller. Anscheinend gefällt es ihm, ein bisschen ausgreifen zu dürfen.

»Nun seht euch das an!«, ruft Bertil und zeigt auf mich und Star. »Was hast du mit ihm gemacht? So prima habe ich ihn noch nie laufen sehen. Er scheint sich gut mit dir zu verstehen.«

Mama und Lasse schauen hoch. Ich gebe mir extra Mühe, mit geradem Rücken und tiefen Fersen im Sattel zu sitzen.

»Wirklich prima, wie du das machst, Lisa«, ruft Mama.

Stolz straffe ich meine Schultern noch ein bisschen mehr. Wenigstens sieht Kristin jetzt, dass ich auch reiten kann. Nicht so gut wie sie natürlich, aber immerhin gut genug, um mich nicht schämen zu müssen. Ich versuche zum Trab zu verlangsamen, aber damit ist Star nicht einverstanden. Er schüttelt den Kopf und galoppiert quer. Trotzdem habe ich nicht das Gefühl von Gefahr. Ich weiß nicht, warum, aber ich bin ganz sicher, dass er nicht vorhat, mich abzuwerfen.

»Brav, brav«, sage ich weich und klopfe ihm sanft den Hals.

Daraufhin beruhigt er sich und beginnt wieder zu traben. Ich bin richtig zufrieden mit mir selbst und versuche ein paar Volten. Das funktioniert nicht. Star ist steif und widerspenstig. So als ob er nicht versteht, was ich von ihm will. Die Volten werden eher Rechtecke als Kreise.

»Es hat keinen Zweck, dass du es versuchst. Solche Sachen kann er nicht«, ruft Bertil.

Aber ich gebe nicht auf. Ich reite einen großen Kreis und mache es genauso, wie Maggan es uns immer wieder gesagt hat. Nachgiebige Hände und einen besonders weichen Innenschenkel. Star spannt sich und kämpft dagegen. Seine Nase zeigt nach oben und die Hinterbeine treten ziellos herum. Aber dann gibt er langsam nach und beginnt sich zu entspannen. Er hört auf, sich zu sperren, und ich spüre im ganzen Körper, dass es so richtig ist. Ich muss insgeheim lachen. Das macht ja richtig Spaß!

Auf einmal merke ich, dass ich überhaupt keine Angst mehr habe. Alle Furcht ist wie weggeblasen. Ich habe sie ganz einfach vergessen. Wie merkwürdig. Dieses hässliche, mürrische Pony, das ich nie vorher gesehen habe, hat mich dazu gebracht, wieder Spaß am Reiten zu haben. Mir wird ganz warm vor Dankbarkeit.

Schnell fasse ich in meine Tasche und hole ein paar Karottenstückchen heraus. Star sollte eigentlich einen großen Sack voll Karotten bekommen, als Dank für seine Hilfe. Vielleicht wäre er dann nicht so griesgrämig. Ich streiche mit der Hand seinen mageren Hals mit der langen zottigen Mähne entlang. Eigentlich ist er gar nicht so wahnsinnig hässlich. Er hat einen kleinen Kopf und einen langen Hals. Auch die Beine sind lang. Wenn er nur ein paar Muskeln und ein bisschen mehr Fett bekäme, würde er bestimmt richtig gut aussehen.

»Jetzt komm her, Lisa. Kristin will springen«, ruft Mama.

Sie haben drei Hürden aufgebaut. Ich finde sie unheimlich hoch. Über so hohe Hindernisse würde ich mich nie trauen zu springen. Aber Kristin sieht kein bisschen ängstlich aus. Sie trabt ein paar Mal im Kreis herum, bevor sie Tempo aufnimmt und die erste Hürde ansteuert. Olle galoppiert ruhig und sicher und springt ohne Zögern. Nach der letzten Hürde klopft Kristin ihm den Hals und strahlt Lasse an.

»Er ist super.«

Bertil macht ein zufriedenes Gesicht.

»Meine Tochter hat mit ihm einige Male an Wettkämpfen teilgenommen, und ein paar Mal haben sie einen richtig guten Platz gemacht. Du kannst die Preisrosetten sehen, wenn du möchtest. Sie hängen in der Sattelkammer«, sagt er stolz.

»Jetzt bist du dran mit Probereiten«, sagt Mama und nickt mir zu.

Ich rutsche von Star herunter. Als ich Mama die Zügel übergebe, schnappt er nach mir. Gut erzogen ist er ja nicht gerade.

Olle zu reiten ist etwas ganz anderes als Star zu reiten, das merke ich sofort. Er ist viel höher und hat einen breiteren Rücken. Es ist, als säße man auf einem großen Pferd und nicht auf einem Pony. Ich reite Schritt und Trab und Galopp. Olle ist lieb, gut eingeritten und gehorsam, da gibt es keinen Zweifel. Trotzdem macht es überhaupt nicht solchen Spaß, auf ihm zu reiten, wie auf Star. Olle ist ein bisschen zu groß und zu schwer für meinen Geschmack. Ich fühle mich auf seinem Rücken wie eine hilflose Erbse. Wenn er sich in den Kopf setzen würde, einfach loszurennen, hätte ich keine Chance. Allerdings sieht Olle nicht so aus, als hätte er den Kopf voller hinterlistiger Absichten. Er tut, was er soll, nicht mehr und nicht weniger.

»Was meinst du?«, will Mama wissen, als ich anhalte.

»Doch. Er ist ganz okay. Aber ich finde Star eigentlich besser«, sage ich.

»Den da?«, ruft Kristin aus und zeigt laut lachend auf den armen Star.

Er macht wirklich nicht viel her, wie er da steht mit seinem struppigen Fell und dem mageren Körper. Aber Bertil ist Geschäftsmann und wittert sofort ein Geschäft.

»Warum nehmen Sie nicht alle beide? Dann haben die Mädels jede ihr eigenes Pferd. Für den Schwarzen hier will ich nicht viel haben. Keines unserer Mädchen will ihn, und meine Tochter ist zu groß, um ihn zu reiten. Für mich ist er eher eine Last. Er ist ein bisschen mürrisch, aber ansonsten hat er keine nennenswerten Fehler.«

Erst in diesem Moment macht es »Klick« in meinem Kopf. Star könnte mein Pferd werden. Mein eigenes. Das wäre durchaus möglich. Im Stall ist genug Platz. Mama hat unzählige Male gesagt, dass sie mir ein Pferd kaufen würde, wenn sie nur genug Geld hätte. Und wenn wir Star beinahe umsonst kriegen, ist das Geld ja kein Problem.

Ich sehe Star an. Ihn zu reiten war, wie Sigge zu reiten, nur ohne Angst zu haben. Mein Herz wird ganz weich bei seinem jämmerlichen Anblick. Niemand sonst mag ihn. Niemand will ihn. Aber ich, ich könnte ihn lieb haben, das merke ich ganz deutlich. Er ist nicht gerade ein Traumpferd, noch nicht, aber er kann eins werden. Da bin ich ganz sicher. In meiner Fantasie kann ich schon sehen, wie wir beide durch den Wald zu Hause reiten, und ich kann ihn morgens leise wiehern hören, wenn ich zu ihm gehe, um ihn zu füttern. Ganz wild vor Eifer wende ich mich an Mama.

»Kann ich ihn haben? Bitte, bitte, bitte!«

Sie schaut mich erstaunt an.

»Aber Lisa, was willst du denn mit ihm? Er kann doch nichts. Was du brauchst, ist ein gut eingerittenes Pony, von dem du etwas lernen kannst. So eins wie Olle.«

»Aber eins wie Olle kriege ich ja doch nie, oder? Wir haben kein Geld für ein Pferd, das sagst du doch dauernd. Und Star könnten wir fast umsonst kriegen.«

Mama seufzt.

»Irgendetwas stimmt sicher nicht mit ihm, sonst wäre er nicht so billig. Wenn Lasse Olle für Kristin kauft, kannst du dich doch so oft um ihn kümmern, wie du willst.«

Wie kann sie nur so dumm sein? Begreift sie denn nicht, dass es etwas ganz anderes ist, sich um ein fremdes Pferd zu kümmern, als um sein eigenes? Ich will gerade mit dem Betteln anfangen, mache den Mund aber schnell wieder zu. Es ist besser, ich bearbeite Mama, wenn wir allein sind.

»Außerdem sind wir ja hierher gekommen, um uns Olle anzusehen«, sagt Lasse.

Ich werfe ihm einen wütenden Blick zu. Wer sagt eigentlich, dass ein Pferd für seine Tochter wichtiger ist als ein Pferd für mich? Sofort beschließe ich, dass ich Olle nicht versorgen werde, wenn ich Star nicht kriege. Ha! Das haben sie dann davon.

Mama setzt wieder ihre Pferdekennermiene auf und ich sehe, wie sehr sie sich Mühe gibt, nicht allzu interessiert an Olle auszusehen.

»Er ist ja ein ganz nettes Pferd, aber ein bisschen teuer für uns. Wir werden uns das noch mal überlegen«, sagt sie.

»Okay. Aber überlegen Sie nicht zu lange. Es haben sich noch mehr Interessenten gemeldet«, sagt Bertil.

Ich höre ja wohl nicht richtig. »Bisschen teuer für uns.« Als würden Mama und Lasse sich zusammen ein Pferd anschaffen, anstatt Lasse allein. Sie tut ja gerade so, als wären wir eine Familie.

Es fällt mir schwer, mich von Star zu verabschieden. Vielleicht war dies das erste und das letzte Mal, dass ich ihn gesehen habe. Nein, das darf nicht sein. Er und ich gehören zusammen, das ist einfach so. Je länger ich ihn anschaue, desto sicherer bin ich mir. Obwohl er missmutig nach mir schnappt, finde ich, dass ein bettelnder Blick in seinen dunklen Augen liegt. Ich muss ihn retten, sonst steht er noch hier, bis er verfault. Niemand sonst auf der Welt hat ihn lieb.

Es wird eine merkwürdige Heimfahrt. Alle reden durcheinander. Kristin, Lasse und Mama sind gleichermaßen begeistert von Olle. Er ist das perfekte Pony, keiner von ihnen kann sich etwas Besseres vorstellen. Dass ich ihn langweilig finde, weisen alle drei als lächerlich zurück. Aber das macht mir nichts aus. Normalerweise kann ich fast nichts mitentscheiden. Diesmal aber bin ich es, auf die es ankommt. Wenn ich mich nicht um Olle kümmern will, können sie ihn nicht kaufen.

»Das ist doch eine fantastische Gelegenheit für dich, richtig reiten zu lernen. Olle könnte dir wirklich etwas beibringen«, versucht Mama es.

»Ich will Olle gerne versorgen. Aber nur, wenn ich Star kriege«, beharre ich.

»Du kannst dich doch wohl nicht um zwei Pferde kümmern, oder? Das schaffst du nicht«, sagt Mama.

»Wenn ich immer noch Sigges Pflegerin wäre, müsste ich es ja auch schaffen«, wende ich ein.

Dann habe ich einen Geistesblitz.

»Wenn wir alle beide kaufen, könntest du auf Olle reiten, Mama. Er ist groß genug für dich. Du sagst doch immer, dass du am liebsten für jede von uns ein Pferd hättest.«

Das bringt Mama zum Schweigen. Sie sieht nachdenklich aus, und ich schöpfe neue Hoffnung. Dafür regt sich Kristin jetzt auf.

»Und ich? Denkt vielleicht auch mal einer an mich? Ich bin es schließlich, die Olle kriegen soll, oder ist mir da irgendwas entgangen? Ich will ihn selbst versorgen, Papa.«

»Das kannst du. Zieh zu mir«, sagt Lasse.

»Das würdest du *wollen*?«, fragt Kristin entgeistert.

Lasse bricht in dröhnendes Gelächter aus.

»Begreifst du das endlich? Ich möchte nichts lieber als das.«

Da fängt Kristin an zu heulen. Sie schlägt die Hände vors Gesicht und schluchzt laut. Das kommt so unerwartet, dass wir alle zusammenzucken. Ich weiß nicht, wo ich hinsehen soll, und Lasse streichelt ihr über die Haare und sieht verwirrt aus. Mama biegt bei einer Raststätte ein und stellt den Motor ab.

»Das sind ja wohl ein bisschen viele und große Fragen auf einmal, oder? Ich schlage vor, wir gehen jetzt hier rein, essen etwas und versuchen Ordnung in das alles zu bringen«, sagt sie.

Das Restaurant ist schrecklich. Wimmernde Countrymusic plärrt aus den Lautsprechern, und der Geruch von Bratfett dringt bis auf den Parkplatz. Trotzdem ist es fast ein Gefühl von Luxus. Es passiert so selten, dass ich in einem Restaurant essen darf. Mama bestellt Steaks und Pommes für uns alle. Dann stellt sie die Vase mit verstaubten Plastikblumen auf einen anderen Tisch, um sie nicht mehr sehen zu müssen. Als das Essen kommt, sehen wir uns abwartend über unsere Pommeshaufen hinweg an.

»Womit fangen wir an?«, fragt Mama.

Sofort füllen sich Kristins Augen wieder mit Tränen.

»Willst du wirklich, dass ich zu dir ziehe? Du sagst das nicht bloß so aus Jux?«, schnieft sie und sieht Lasse mit feuchten Augen an.

»Aber Liebes, das weißt du doch, oder? Ich habe dich und Torsten die ganze Zeit vermisst, immer. Aber ich dachte, du wolltest lieber bei deiner Mutter wohnen. Begreifst du nicht, dass ich dir ein Pony kaufen will, damit du öfter bei mir bist?«

Kristin sieht auf die Tischplatte hinunter.

»Ich dachte, es wäre deswegen, damit Lisa ein Pony bekommt, das sie versorgen kann. Ich hatte das Gefühl, dass du sie mehr magst als mich«, murmelt Kristin.

»Ich mag Lisa sehr gern, das stimmt. Aber es ist doch wohl selbstverständlich, dass ich dich noch viel lieber mag? Du bist doch meine Tochter. Vielleicht habe ich mich ein bisschen mit Lisa getröstet, weil ich dich so sehr vermisse«, sagt Lasse und zieht Kristin eng an sich.

Mama und ich schauen aus dem Fenster und tun so, als wären wir gar nicht da. Es ist irgendwie peinlich, daneben zu sitzen und zuhören zu müssen, wie sie sich unterhalten.

»Ich hasse meine neue Klasse. Die ist stinklangweilig. Kann ich nicht wieder zurückziehen und in meine alte Klasse gehen? Bitte, Papa! Dann kann ich mich selbst um Olle kümmern.«

»Wenn es nach mir geht, kannst du jederzeit wieder zu mir ziehen. Es gibt nichts, was ich mir mehr wünschen würde. Aber was wird deine Mutter dazu sagen?«

»Pff«, macht Kristin. »Die kriege ich schon rum. Sie hat sowieso keine Zeit für mich. Ihr Job und Torsten sind alles, worum sie sich kümmert. Außerdem kann ich sie an den Wochenenden besuchen, so wie ich es jetzt mit dir mache.«

»Wir müssen sie jedenfalls fragen«, sagt Lasse.

Er ist glücklich, das sehe ich. Er strahlt übers ganze Gesicht. Ich weiß, wie sehr ihm Kristin gefehlt hat. Manchmal war ich richtig neidisch. Ich wünschte mir, mein Vater würde mich ebenso vermissen.

Irgendwie ist es jetzt nicht richtig, wegen Star zu betteln, wo Kristin gerade geweint hat. Aber ich kann nicht aufhören, an ihn zu denken. Falls Kristin wirklich wieder zu Lasse zieht, braucht sie meine Hilfe bei der Pflege von Olle nicht. Die Vorstellung, sie jeden Tag reiten und ihr Pferd versorgen zu sehen, während ich bloß daneben stehe und zusehe, ist nicht gerade verlockend.

Es ist, als hätte Mama meine Gedanken gelesen. Plötzlich knufft sie mich in die Seite und lächelt.

»Magst du dieses schwarze Pony wirklich so sehr? Oder bildest du dir das nur ein, weil du neidisch auf Kristin bist? Wenn ich mich recht erinnere, hast du heute Morgen noch gesagt, dass du niemals ein anderes Pferd reiten willst als Sigge.«

Sigge. Die Erinnerung an ihn ist plötzlich so verschwommen. Ich weiß kaum noch, wie er ausgesehen hat. Natürlich vermisse ich ihn immer noch. Aber ihn werde ich niemals kriegen. Star dagegen ist in Reichweite. Außerdem hat er niemanden als mich. Ich sehe Mama so flehend an, wie ich kann.

»Wir können ihn uns doch leisten, oder? Wenn ich ihn

kriege, verspreche ich, dass ich gleich morgen wieder zur Schule gehe.«

Mama seufzt.

»Ich will ja, dass du wieder glücklich bist, das weißt du doch? Aber es ist schon irgendwie komisch, dass er das Pony beinahe verschenken will. Mit dem Pferd stimmt was nicht, das kann gar nicht anders sein. Außerdem ist es eine ernste Sache, ein Pferd zu kaufen, das macht man nicht einfach so nebenbei. Du musst dich schließlich auch um ihn kümmern. Jeden Tag, wirklich jeden, jahrelang. Ganz zu schweigen davon, was das kostet. Futter, Tierarzt, Hufschmied und solche Sachen kosten eine Menge Geld. Ich weiß wirklich nicht, ob wir uns das leisten können.«

Trotzdem spüre ich, dass es einen kleinen Hoffnungsschimmer gibt. So ganz abgeneigt ist sie nicht. Mein Gehirn arbeitet auf Hochtouren.

»Wenn ich ein eigenes Pferd habe, brauchst du ja meine Reitstunden nicht mehr zu bezahlen. Und du brauchst mir auch nie wieder was zu Weihnachten oder zum Geburtstag zu schenken. Wenn ich Star kriege, werde ich mir mein ganzes Leben lang nichts mehr wünschen. Ich schwöre es. Und Papa könnte doch sicher auch ein bisschen was dazu geben?«

»Das musst du ihn schon selbst fragen. Ich werde darüber nachdenken. Aber vergiss nicht, dass ich es nicht für eine besonders gute Idee halte, und vergiss vor allen Dingen nicht, dass ich dir nichts versprechen kann«, sagt Mama.

Damit muss ich mich wohl zufrieden geben.

10

An diesem Abend kann ich nicht einschlafen. Ich versuche, nicht an Star zu denken, damit ich nicht allzu enttäuscht bin, falls ich ihn nicht bekomme. Aber es geht einfach nicht. Meine Gedanken wandern die ganze Zeit immer nur zu ihm. In meiner Fantasie verwandelt er sich von einem schäbigen, mürrischen und ziemlich hässlichen Pony in das schönste Pferd der Welt, mit glänzendem Fell und einer flatternden Mähne. Schnell wie der Wind galoppiert er in meinem Kopf herum, voller Kraft und Lebensfreude.

Es gibt immer noch ein klein wenig Hoffnung, dass er mein wird, obwohl Papa ganz klar nein gesagt hat, als ich ihn anrief und fragte.

»Wozu brauchst du eigentlich ein eigenes Pferd? Es ist doch viel besser, du gehst weiterhin zum Reitunterricht und lernst richtig reiten. Ich habe nicht viel Ahnung von Pferden, aber ich weiß, dass es teuer ist, sich eines zu halten. Ich kann mir das Geld auch nicht aus den Rippen schneiden. Gerade jetzt, wo Elisabeth zu Hause bei Nils bleiben muss, ist es bei uns ziemlich knapp.«

»Aber Papa! Wir würden ihn fast umsonst kriegen!«

»Dann kann irgendwas mit ihm nicht stimmen, das siehst du doch wohl ein? Niemand würde so ohne weiteres ein Pferd verschenken. Vergiss dieses Pony, Lisa, das ist mein Rat.«

Falls Papa und Mama gegen mich zusammenhalten würden, hätte ich keine Chance. Dieses eine Mal ist es also günstig für mich, dass Mama und Papa sich immer über alles streiten. Mama wird stocksauer, als ich ihr erzähle, was Papa gesagt hat.

»Ziemlich knapp! Das ist das Blödeste, was ich jemals gehört habe. Er verdient dreimal so viel wie ich. Er hätte jedenfalls mit mir reden können, bevor er nein sagt«, faucht Mama wütend.

Erwachsene sind manchmal schwer zu begreifen. Bloß weil Papa nein gesagt hat, will Mama plötzlich, dass ich Star kriege. Offenbar müssen sie immer verschiedener Meinung sein. Es ist unbegreiflich, aber gut für mich, denn jetzt habe ich Mama ganz unerwartet auf meiner Seite.

Mama ruft sofort Papa an, um mit ihm zu schimpfen. Aber er ist schon weg, irgendwohin gefahren, und das ist sicher ein Glück. Mama überlegt nicht, was sie sagt, wenn sie wütend ist, und wenn man Papa überreden will, muss man es geschickt anstellen.

Am nächsten Morgen gehe ich zur Schule. Alle behandeln mich, als wäre ich unheimlich krank gewesen, todkrank beinahe. Sie beobachten mich heimlich und flüstern hinter meinem Rücken. Anna schleicht um mich herum und tut so, als wären wir immer noch beste Freundinnen. Aber sie hat den Platz gewechselt und sitzt jetzt neben Amanda. Der Platz neben mir ist leer wie ein gähnendes Loch. Ich stelle meine Schultasche auf den Stuhl, damit er nicht so verlassen aussieht. Ein Glück, dass mein Kopf so voller Gedanken an Star ist, sonst würde es mir noch viel mehr wehtun, dass Anna mich schon wieder im Stich gelassen hat.

In den Pausen schlendere ich herum und warte darauf, dass der Tag zu Ende geht. Heute Abend soll entschieden werden, ob ich Star kriege oder nicht.

»Ruf gleich Papa an«, bettle ich, kaum dass Mama von der Arbeit nach Hause gekommen ist.

Ich kann keine Sekunde länger warten. Aber Mama will erst Kaffee trinken und ihre Post öffnen und in der Gefriertruhe nachsehen, was wir essen könnten. Die ganze Zeit renne ich um sie herum und versuche alles, damit sie sich beeilt.

»Okay, okay, ich rufe ihn an. Geh solange auf dein Zimmer. Ich will in aller Ruhe mit ihm reden«, sagt Mama schließlich.

Das kann nicht ihr Ernst sein. Glaubt sie wirklich, ich könnte in meinem Zimmer sitzen und geduldig warten, während die Entscheidung meines Lebens getroffen wird? Niemals! Gehorsam laufe ich die Treppe hinauf, aber kaum hat Mama die Tür zu ihrem Arbeitszimmer zugemacht, schleiche ich auf Zehenspitzen wieder nach unten, um zu lauschen. Doch obwohl ich das Ohr ganz fest gegen die Tür gepresst habe, höre ich nur ein dumpfes Murmeln. Sie reden und reden, Mamas Stimme hebt und senkt sich, aber ich kann nur ab und zu mal ein einzelnes Wort verstehen.

Es ist schrecklich, nichts anderes tun zu können als zu warten. Können sie nicht ein einziges Mal Klartext reden? Die Sekunden kriechen unendlich langsam dahin. Als ob die Zeit stehen geblieben wäre.

Nach einer ganzen Weile ändert sich Mamas Tonlage. Ich kann nicht verstehen, was sie sagt, aber ich höre, dass sie wütend ist. Ihre Stimme wird lauter und lauter.

»Vergiss es! Ich bin nicht mehr deine Frau«, schreit sie plötzlich, und ich höre, wie sie den Hörer aufknallt.

Dann ist Gepolter zu hören und das Klirren von zerbrechendem Glas. Danach ist alles still. Ich warte und warte, aber Mama kommt nicht heraus. Schließlich halte ich es nicht länger aus. Vorsichtig mache ich die Tür einen Spalt auf. Mama steht am Fenster und starrt hinaus. Die blaue Glasvase liegt zerbrochen in einer Ecke.

Stumm stehe ich da. Mama wird zwar oft wütend, wenn sie mit Papa telefoniert, aber so wütend ist sie noch nie geworden. Sonst pfeffert sie keine Sachen durch die Gegend. Das heißt, einmal doch, das war kurz vor der Scheidung, da haben sie sich auch unheimlich gefetzt. Damals hat sie mit einem Butterbrot nach ihm geworfen.

Ich huste vorsichtig, aber Mama starrt weiterhin in die Dunkelheit und hat mich anscheinend nicht gehört. Es ist ein schreckliches Gefühl, so steif und stumm dazustehen. Es macht mir Angst.

»Mama! Was ist jetzt?«, sage ich.

Ich kenne meine eigene Stimme nicht wieder. Sie ist klein und dünn und hört sich ängstlich an. Sie bringt Mama dazu, aus ihrer Erstarrung aufzuwachen. Sie dreht sich um und breitet ihre Arme aus. Ich fliege über den Fußboden und lande an ihrer Brust. Fest umarmt stehen wir eine ganze Zeit da. Ihr alter Pullover kitzelt mich an der Nase. Er riecht nach Wolle und ein bisschen nach Parfüm. Ich merke, dass sie hastig atmet, als wäre sie gerade gelaufen.

»Was ist passiert?«, frage ich wieder.

Mama lacht, ein ziemliches hysterisches Lachen.

»Kein Angst, Lisa. Tut mir Leid, falls ich dich erschreckt habe. Das wollte ich nicht. Ich war bloß so wütend. Der Kerl weiß wirklich, wie er mich auf die Palme bringt. Manchmal ist er so bescheuert, dass ich keine Worte dafür finde.«

Es macht mich jedes Mal wieder traurig, wenn sie gemeine Sachen über Papa sagt. Ich will nicht, dass sie sich hassen und schlecht übereinander reden. Zuerst wünschte ich mir, sie würden sich wieder ineinander verlieben, damit wir wieder alle zusammenleben könnten. Aber die Hoffnung habe ich aufgegeben. Daraus wird sowieso nichts mehr. Besonders jetzt nicht, wo Papa und Elisabeth Nils gekriegt haben. Aber Freunde könnten sie doch sein. Oder jedenfalls aufhören, sich zu streiten. Das ist ja wohl nicht zu viel verlangt, oder?

Es ist nur Mama, die schlecht über Papa spricht. Er dagegen sagt nie ein böses Wort über sie. Aber schließlich ist Mama auch diejenige, die verletzt ist, weil er uns wegen Elisabeth verlassen hat. Er hat bloß ein schlechtes Gewissen deswegen. Das sagt er jedenfalls. Aber bereuen tut er es nicht.

»Der Kerl macht mich noch wahnsinnig«, seufzt Mama.

Dann kichert sie wieder.

»Herrgott noch mal, wie ich mich aufgeführt habe! Schau dir nur die Vase an. Ein Glück, dass sie so hässlich war.«

Jetzt, wo Mama sich beruhigt hat, meldet sich meine Neugier wieder.

»Und was hat Papa gesagt?«

»Was glaubst du wohl? Er hat dasselbe gesagt, was er gestern schon zu dir sagte. Dass es idiotisch wäre, dir ein Pferd zu kaufen. Besonders eins, mit dem etwas nicht stimmen kann. Er hat sich angehört, als würde er sich plötzlich für eine Art Pferdeexperten halten. Wo er das Pony noch nicht mal gesehen hat und kaum weiß, wo bei einem Pferd vorne und wo hinten ist!«

Ich verkneife mir den Hinweis, dass Mama gestern noch seiner Meinung war. Da war Star die ganz falsche Sorte Pony für mich, und sie war selber misstrauisch, weil wir ihn so billig kriegen sollten. Aber das hat sie offenbar inzwischen vergessen, und es gibt wirklich keinen Grund, sie daran zu erinnern.

»Hat er sonst noch was gesagt? Glaubst du, dass wir ihn überreden können?«, frage ich.

»Er hat gesagt, dass er nicht im Traum daran denkt, auch nur einen Pfennig dazu zu bezahlen, und er hat sogar versucht, mir zu verbieten, dass ich das Pony für dich kaufe. Gerade so, als könnte er immer noch über mich bestimmen! Ich bin nicht mehr seine Frau, aber das hat der Herr offensichtlich vergessen«, faucht Mama.

Ich kann mich nicht daran erinnern, dass Papa jemals versucht hätte, über Mama zu bestimmen, als sie noch verheiratet waren. Eher war es umgekehrt. Aber ich glaube, Mama gefällt der Gedanke, dass sie ein unterdrücktes Hausmütterchen war, das nun endlich frei ist. Das ist wohl besser, als daran zu denken, dass Papa ausgezogen ist, weil er Elisabeth mehr geliebt hat als sie.

»Und was machen wir jetzt?«, will ich ungeduldig wissen.

Von Mamas und Papas Krächen habe ich schon lange die Nase voll. Ich kümmere mich nicht darum, über was sie sich streiten. Ich will nur eins wissen, ob ich Star kriege oder nicht. Aber Mama hat sich schon wieder in Rage gebracht. Sie hat feuerrote Wangen und flammend rote Flecken am Hals.

»Der soll mich kennen lernen«, knurrt sie. »Er glaubt, ich kriege das nicht alleine hin, aber ich werde es ihm schon zeigen. Dieser Idiot wird sich noch umschauen. Vielleicht bringt ihn das dazu, endlich einzusehen, dass er sich in mein Leben gefälligst nicht mehr einzumischen hat!«

»Mama! Hör doch auf, bitte!«

Sie starrt mich mit brennenden Augen an.

»Okay. Wir kaufen Star, wenn du wirklich sicher bist, dass es das ist, was du willst. Ein paar Hunderter kann ich schon noch zusammenkratzen, und du musst das Sparbuch opfern, das du von Oma zu Weihnachten gekriegt hast. Das müsste gehen. Ich habe jetzt ja immerhin einen Job. Wie ich es schaffen soll, Hafer und Heu zu kaufen, weiß ich noch nicht, aber irgendwie kriegen wir das schon hin. Im schlimmsten Fall muss Lasse mir das Geld leihen. Mit ein wenig Glück kriege ich im Sommer eine Gehaltserhöhung, dann kann ich es ihm zurückzahlen.«

Ich starre sie an. Wir kaufen Star. Ich werde ein eigenes Pferd haben. Das kann nicht wahr sein! So etwas passiert im wirklichen Leben nicht!

Mama sieht mein schockiertes Gesicht und lacht lauthals, ein großes, glückliches Lachen.

»Lisa Andersson, Pferdebesitzerin! Klingt gar nicht mal schlecht, was?«

Dann wird sie wieder ernst.

»Unter einer Bedingung: Wir werden einen Tierarzt bitten, sich Star anzusehen, bevor wir uns entscheiden. Ich will sicher sein, dass er keine anderen Macken hat, als bissig und schlecht eingeritten zu sein.«

Ich kann immer noch kein Wort herausbringen. Obwohl ich glücklicher bin als jemals zuvor in meinem Leben, habe ich das Gefühl, dass ich anfange zu heulen, sobald ich den

Mund aufmache. Das Glück ist so groß, dass es nicht genug Platz in mir hat. Alles in mir brodelt und schäumt. Mama streicht mir die Haare aus den Augen.

»Lasse hat mich heute in der Arbeit angerufen. Er meint, er könnte seine Frau dazu bringen, dass sie Kristin hier wohnen lässt. Aber wenn überhaupt, dann wird es erst im Sommer so weit sein. Kristin soll die Schule nicht mitten im Schuljahr wechseln. Er hat sich sehr glücklich angehört, und das kann man ja auch verstehen. Es ist sicher nicht sehr angenehm für ihn, so ganz alleine zu leben. Aber wenn Kristin hier einzieht, kann sie sich ja selbst um ihr Pferd kümmern, und ich nehme an, du wärst wohl mächtig neidisch, wenn sie ein Pferd zu versorgen hat und du nicht. Das wäre ja auch wirklich ungerecht. Und wenn wir schon mal die Chance haben, ein Pony fast umsonst zu kriegen, wäre es doch dumm, sie nicht zu nutzen, nicht wahr?«

»Unheimlich dumm«, sage ich ernst.

Mama kichert begeistert. Man kann sehen, dass sie sehr zufrieden mit sich selbst ist.

»Star ist sicher kein atemberaubendes Pony, aber man kann ihn immerhin reiten. Ich denke auch, dass es richtig toll für uns wird. Wenn Lasse Olle kauft, kann ich ihn mir sicher ab und zu ausleihen. Du hast Recht, Lisa. Er ist groß genug, dass ich ihn reiten kann. Stell dir vor, dann werden wir zusammen ausreiten, genau so wie wir uns das früher erträumten, als wir uns Pferde vom Reiterhof gemietet haben.«

Wir sehen uns glücklich an. Es ist fast zu schön, um wahr zu sein. Lisa Andersson, Pferdebesitzerin. Schönere Worte als diese gibt es nicht.

11

Der Staub türmt sich. Überall Haufen von Schrott und alten Möbeln. Wir haben noch eine Woche Zeit, um aus dem verfallenen Gerümpelschuppen ein Zuhause für unsere Pferde zu machen. Kristin und ich schauen uns an, wir wissen nicht, wo wir anfangen sollen. Es ist wirklich ein Glück, dass Osterferien sind und wir den ganzen Tag arbeiten können.

Zuerst müssen wir den Stall ausräumen. Alle Möbel und alten Sachen, die nicht auseinander fallen, schleppen wir in die Scheune. Außer das ganz schwere Zeug; dabei hilft Lasse uns, wenn er Zeit hat. Den Rest teilen wir in zwei große Haufen auf. In einen, den man verbrennen kann, und einen anderen, der zur Müllkippe gefahren werden muss.

Wir tragen und schleppen, dass uns der Schweiß nur so herunterrinnt. Es ist schwer, es ist schmutzig und es ist anstrengend. Aber trotzdem haben wir eine Menge Spaß. Die Vorstellung, wie der Stall aussehen wird, wenn wir fertig sind, treibt uns vorwärts. Als alle Sachen raus sind, fangen wir mit dem Saubermachen an. Von der Decke hängen Spinnweben herunter wie schmutzige graue Tüllgardinen, und die Fenster sind so verklebt von Dreck und toten Fliegen, dass man nicht hindurchsehen kann.

Mit Schrubberbürsten rubbeln wir eifrig Fußboden, Wände und Decke ab. Durch den Schmutz lässt sich die Luft kaum atmen. Wir husten und spucken. Alle zwei Minuten müssen wir nach draußen zum Luftholen. Wir brauchen den ganzen Vormittag, aber dann ist das Schlimmste vorbei. Kristin läuft hinauf zum Haus und holt den Picknickkorb, den Lasse für uns vorbereitet hat, bevor er zur Arbeit gefahren ist.

Lasse weiß, wie ein Picknickkorb aussehen soll. Cola, Grillhähnchen, Butterbrote mit Ei und Majonäse, Apfelsinen und ein selbst gebackener Marmorkuchen. Wir fühlen uns wie hungrige Abenteurer nach einer Expedition, als wir es uns auf dem Stallboden gemütlich machen.

»Schon viel besser.« Kristin schaut sich zufrieden um.

Es ist wirklich ein riesiger Unterschied. Jetzt kann man überhaupt erst sehen, dass es ein Stall ist. Da sind drei große Boxen an der einen Wand. Bald werden zwei von ihnen wieder bewohnt sein. Eine schwarzes und ein braunes Pferd werden munter die Köpfe heben, wenn die Stalltür sich öffnet. Dieser Gedanke ist unheimlich schön. Alles ist bereit. Der Tierarzt hat Star untersucht und keinen Fehler an ihm gefunden. Außer, dass er zu mager und in schlechter Verfassung ist, aber das wussten wir ja schon vorher.

»Dafür siehst du ziemlich bescheuert aus«, sagt Kristin und beißt in ein Eiersandwich.

Ich kichere und wische mir unsicher mit der Hand übers Gesicht. Wahrscheinlich sehe ich genauso aus wie sie, völlig verdreckt. Die Haare kleben am Kopf und die Hände sind rabenschwarz.

»Du, Lisa, ich wollte dir nur sagen, dass es echt blöd von mir war, was ich gesagt habe, von wegen dass du versucht hast, mir Lasse wegzunehmen«, sagt Kristin plötzlich. »Ich war bloß eifersüchtig, weil ihr so viel zusammen gemacht habt, wenn ich nicht hier war.«

Ich mache eine Flasche Cola auf und nicke, bevor ich sie an den Mund setze.

»Ich weiß, wie das ist. Mein Vater hat im Moment nur noch Augen für meinen kleinen Bruder. Ich bin ihm völlig egal.«

Das stimmt nicht ganz. Ich weiß sehr wohl, dass Papa sich immer noch um mich kümmert. Er ruft fast jeden Tag an, und die letzten Male, als ich ihn besucht habe, war er fast wieder so wie damals, bevor Nils auf der Welt war. Trotzdem bin ich sauer auf ihn. Sauer und enttäuscht. Dass ich vor Kristin über ihn meckere, ist eine Art Rache.

Klar bin ich froh darüber, dass ich Star kriege. Eigentlich ist alles andere im Moment unwichtig. Aber dass Papa mir nicht helfen wollte, Star zu bekommen, wirft einen kleinen Schatten auf meine Freude. Papa hätte alles daransetzen müssen, dass ich glücklich bin, und er weiß, dass mich nichts glücklicher macht, als ein eigenes Pferd zu haben.

Es ist gemütlich, im Stall zu sitzen und davon zu träumen, wie schön es sein wird, wenn alles fertig ist. Kristin behandelt mich manchmal immer noch wie ein Kleinkind, und meistens will sie bestimmen, was gemacht wird. Aber seit sie darauf hoffen kann, wieder hier einzuziehen, ist sie jedenfalls nicht mehr so gemein zu mir. Eigentlich gar nicht. Dass wir Freundinnen werden, ist vielleicht etwas zu viel verlangt, aber wir kriegen es wohl hin, dass wir unsere Pferde im selben Stall versorgen, ohne uns dauernd anzumachen.

»Schhh! Hörst du das?«, sagt Kristin plötzlich.

Ich schließe die Augen und horche. Aber ich höre nichts als die Vögel draußen, die voller Frühlingsfreude zwitschernd umherschwirren und Material für ihre Nester suchen.

»Da kommt ein Pferd«, sagt Kristin.

Jetzt höre ich es auch. Das Geräusch von Hufen auf dem Kies. Wir stehen schnell auf und schauen durch die Stalltür. In dem Moment kommt ein Pferd um die Hausecke. Ein braunes Pony mit einer langen Mähne, die im Frühlingswind flattert. Im Sattel sitzt jemand mit einem knallroten Pullover und dunkelbraunen Zöpfen, die unter der Reitkappe hervorstehen. Jemand, der winkt. Ich blinzle gegen das starke Sonnenlicht, um besser sehen zu können.

Erst bleibt mein Herz stehen, dann pocht es heftig. Die Zeit steht still. Es kann nicht wahr sein, und doch ist es wahr. Das Pony, das da gerade auf den Hof kommt, ist Sigge. Mein Magen krampft sich zusammen und ich habe ein Gefühl, als würde ich gleich in Ohnmacht fallen. Er ist noch süßer, als ich ihn in Erinnerung hatte. Die Ohren zeigen geradeaus, als er vorsichtig über den aufgeweichten Rasen trippelt. Sein Fell schimmert und der dicke Schweif glänzt. Lotta reitet direkt auf uns zu und macht dann Halt.

»Hei! Ich dachte, ich schaue mal nach, ob du zu Hause bist, Lisa. Du willst doch bestimmt wissen, ob es Sigge immer noch gut geht, obwohl er jetzt mir gehört. Wie du siehst, geht es ihm ausgezeichnet«, sagt sie und grinst.

In mir steigt die Wut hoch. Das kann mir keiner erzählen, dass Lotta den ganzen Weg bis hierher geritten ist, nur um meine Neugier und meine Sorge über Sigges Wohlbefinden zu stillen. Sie will mir bloß unter die Nase reiben, dass Sigge jetzt ihr gehört. Ganz allein ihr.

»Er sieht ganz okay aus. Gefällt es dir, ein Pferd zu haben?«, frage ich gelassen.

Sigge steht nur einen Meter von mir entfernt und trippelt auf der Stelle. Ich muss mich wahnsinnig zusammenreißen, dass ich nicht die Hand nach ihm ausstrecke und sein kleines Maul streichle. Lotta ist hier, um sich an meinem Neid zu erfreuen. Aber diese Freude mache ich ihr nicht. Ich wünschte, Sigge würde sich so sehr darüber freuen, mich zu sehen, dass er Lotta abwirft und zu mir läuft. Aber das tut er natürlich nicht. Er steht einfach da und lässt sich bewundern und ist anscheinend unheimlich zufrieden damit, dass er Lottas Pferd ist.

»Es ist unglaublich toll, ein eigenes Pferd zu haben. Viel toller, als ich dachte. Sigge läuft jetzt auch viel besser, wo er nicht mehr jeden Tag eine Menge Reitstunden ableisten muss. Man merkt, wie sehr er es genießt, dass ihm keine trotteligen Anfänger mehr auf dem Rücken herumrutschen«, sagt Lotta.

»Trottelige Anfänger wie du« sagt sie nicht, aber man kann hören, dass sie genau das meint.

»Vermisst du ihn? Eigentlich sollte ich dich wohl ab und zu auf ihm reiten lassen, aber ich finde es einfach besser, wenn er nur einen einzigen Reiter hat. Du kannst ihn aber streicheln, wenn du möchtest«, fährt Lotta fort.

Nein, wie großzügig! Ich muss mir auf die Lippen beißen, damit ich ihr nicht sage, was ich von ihr halte. Sie weiß, wie weh es mir getan hat, dass sie Sigge kaufen durfte. Und trotzdem kommt sie her, um mich noch ein bisschen mehr zu quälen. Ich begreife nicht, wie man so gemein sein kann.

Kristin wirft plötzlich ihre langen Haare zurück und sieht Lotta durchdringend an.

»Dich kenne ich doch«, sagt sie.

Lotta erstarrt. Sie hat Kristin bisher nicht bemerkt, weil

sie so beschäftigt damit war, mich zu ärgern. Aber jetzt sieht man ihr an, dass sie Kristin auch wiedererkennt, und das gefällt ihr gar nicht. Trotzdem versucht sie so zu tun, als wäre es eine freudige Überraschung.

»Nein so was, hallo! Du bist früher auf meine Schule gegangen, nicht? Ich habe gehört, dass du supergut reitest. Möchtest du mal Sigge ausprobieren?«, fragt sie mit einschmeichelnder Stimme.

Jetzt begreife ich überhaupt nichts mehr. Warum will sie, dass Kristin Sigge reitet, wenn sie mich nicht lässt? Aber Kristin scheint zum Glück nicht begeistert von diesem Vorschlag zu sein.

»Nein danke, ich glaube nicht, dass ich dein Pferd reiten möchte«, sagt Kristin kühl.

Dann mustert sie Lotta von Kopf bis Fuß.

»Lass mich überlegen. Ja, jetzt weiß ich es wieder. Du bist in meine Parallelklasse gegangen, stimmt's? Damals warst du ja nicht gerade beliebt. Die Jungs haben sich über dich lustig gemacht. Könnte es daran gelegen haben, dass du ständig auf den Jüngeren herumgehackt hast? Ist bestimmt ein scheiß Gefühl, immer außen vor zu sein, von keinem gemocht zu werden. In deiner Haut möchte ich echt nicht stecken.«

Ich fand immer, dass Lotta eingebildet und aufgeblasen ist, aber das war direkt harmlos dagegen, wie Kristin sich jetzt gibt. Unter ihrem Blick schrumpft Lotta zu einem Nichts. Sie fällt in sich zusammen wie ein angestochener Luftballon. Ich genieße den Anblick. Das gönne ich ihr. Kristin lächelt, ein kleines, mitleidiges Lächeln voller Verachtung.

»Ich glaube nicht, dass Lisa so neidisch auf dich ist, wie du denkst. Da musst du schon woanders aufkreuzen, wenn du jemandem mit deinem Pferd imponieren willst. So, und jetzt müssen wir weitermachen. Unsere Pferde kommen in einer Woche, bis dahin muss der Stall hier fertig sein.«

Lottas Gesicht wird noch eine Spur länger. Aber sie schafft es nicht ganz, ihre Neugier zu beherrschen.

»Was meinst du damit? Welche Pferde?«

Kristin lacht.

»Hast du etwa gedacht, du bist die Einzige, die ein eigenes Pferd hat?«

»*Du* hast ein Pony? Das glaube ich nicht«, sagt Lotta zu mir.

Ich kriege immer noch kein Wort raus. Aber Kristin schon, zum Glück.

»Glaubst du etwa, ich lüge? Lisas Pony ist viel besser als deins, und meins ist ein richtiges Springpferd. Ich finde, du solltest dich jetzt lieber wieder auf den Weg machen. Komm, Lisa, wir haben noch eine Menge zu tun.«

Kristin legt ihren Arm um meine Taille und lächelt mich strahlend an. Verwundert lächle ich zurück. Ich weiß gar nicht, was mit ihr los ist. So freundlich hat sie mich vorher noch nie behandelt. Sie tut gerade so, als wären wir die allerbesten Freundinnen. Es ist eine Genugtuung, Lottas eingeschnapptes Gesicht zu sehen, als sie davonreitet. Aber es tut richtig weh, dass Sigge einfach so verschwindet. Nicht mal streicheln durfte ich ihn, und jetzt ist er wieder weg.

Kaum ist Lotta um die Hausecke verschwunden, lässt Kristin mich los.

»War die das, die dein Pferd gekauft hat? Du Ärmste! Kein Wunder, dass du traurig warst, er ist wirklich super. Aber Lotta ist eine blöde Ziege. Als ich noch in deine Schule ging, ist sie mir und meinen Freundinnen dauernd nachgelaufen. Sie hat alles Mögliche getan, um in unsere Clique zu kommen. Aber gegenüber allen, denen sie sich überlegen fühlte, war sie ein richtiges Ekel. Einmal hat sie Torsten vor den Schulbus gestoßen, weil sie fand, dass er ihr im Weg stand. Er hätte unter den Bus kommen können. Danach habe ich kein Wort mehr mit ihr gesprochen. Niemand schubst ungestraft meinen kleinen Bruder herum.«

»Sie war unheimlich gemein zu mir, als ich Sigges Pflegerin wurde. Aber ich dachte immer, sie ändert sich noch«, sage ich.

»So eine wie die ändert sich nie. Die wird immer alle quälen, vor denen sie keine Angst hat, so lange, bis ihr jemand einen Riegel vorschiebt. Das liegt vielleicht in der Familie. Ihr Vater soll ein richtiger Rüpel sein. Die Leute sagen, dass er seine Frau und seine Kinder verprügelt, wenn er wütend wird. Einmal hat er einen Fernseher vom Balkon geschmissen, bloß weil die Übertragung eines Fußballspiels unterbrochen war, das er sehen wollte. Eine Freundin von mir wohnt nebenan, und sie hat gesehen, wie der Fernseher aus dem Fenster kam. Anschließend war er nur noch ein Haufen Schrott.«

Ich muss kichern, obwohl es eigentlich kein bisschen lustig ist. Gut, dass ich keinen Vater habe, der Fernseher durch die Gegend schmeißt!

»Soweit ich weiß, hat sie keine richtige Freundin. Wahrscheinlich fühlt sie sich deshalb in der Reitschule so wohl.

Da kann sie herumkommandieren, und alle kleinen Mädchen laufen ihr nach und wollen so werden wie sie. Eigentlich kann sie einem Leid tun. Aber das mit Torsten vergesse ich ihr nie. Das war unheimlich fies. Ich habe gesehen, wie sie ihn geschubst hat, und noch nie in meinem Leben hatte ich so eine Angst. Der Bus rollte noch, als Torsten direkt vor ihm auf die Straße fiel. Es ist fast zwei Jahre her, aber ich habe immer noch Albträume deswegen.«

»Danke, dass du mir geholfen hast«, sage ich schüchtern.

Kristin grinst freundlich.

»Ist schon okay. Jetzt komm, wir müssen weitermachen, wenn wir jemals fertig werden wollen.«

Wir holen große Eimer mit heißem Wasser und eine ganze Flasche Allzweckreiniger aus Lasses Küche. Damit schrubben wir den Stall von unten bis oben sauber. Alter, vergammelter Dreck läuft von der Decke und den Wänden. Während ich arbeite, gehen meine Gedanken spazieren. Komisch, dass Lotta den ganzen Weg bis hierher geritten ist, bloß um mich eifersüchtig zu machen. Warum will sie unbedingt, dass ich traurig bin? Vielleicht macht es ihre Freude größer, wenn sie sieht, wie ich mich nach etwas sehne, das sie hat und ich nicht. Es gibt ja Leute, die sind so.

Ich bin froh, dass Lotta nicht weiß, wie gut es ihr gelungen ist, mich zu verletzen. Sigge wiederzusehen hat alle alten Wunden wieder aufgerissen. Die ganze verdrängte Sehnsucht ist auf einmal wieder da. Nur der Gedanke an Star hält mich aufrecht. Wie es mir jetzt gehen würde, wenn ich ihn nicht hätte, auf den ich mich freuen kann – daran wage ich nicht einmal zu denken.

Ab und zu schiele ich zu Kristin hinüber und frage mich,

warum sie mich gegen Lotta in Schutz genommen hat. Ich glaube nicht, dass sie es nur deswegen getan hat, weil sie Lotta nicht leiden kann. Niemand hat mich bisher auf diese Art und Weise verteidigt. Als sie da so stand, die Arme um meine Taille gelegt, und sich über Lotta lustig machte, war es beinahe, als wäre sie meine große Schwester. Stark und unerschrocken und kämpferisch, so wie eine große Schwester sein soll. Ich muss insgeheim kichern. Lasse würde sich bestimmt freuen, wenn er jetzt meine Gedanken lesen könnte. Wo er doch nichts lieber hätte, als dass Kristin und ich wie Halbschwestern sind, oder Stiefschwestern oder wie man das auch immer nennt. Ich könnte schwören, er wartet nur darauf, dass Mama sich genug in ihn verliebt, damit er die Trennwand zwischen den Wohnungen einreißen kann.

»Hör auf zu träumen, Lisa! Wir müssen noch die Fenster putzen!«, sagt Kristin.

Meine Schwester. Ich lasse mir das Wort auf der Zunge zergehen.

12

Lasse kauft weiße Kalkfarbe für die Innenwände des Stalls und rote Farbe für außen. Während Kristin und ich streichen, zimmert er neue Türen für die Boxen. Mama wieselt meistens um uns herum und hält uns Vorträge, wie wir was machen sollen.

»Du solltest hier die Chefin sein. Du hast echt Talent dafür. So lässig und elegant, wie du uns die Arbeit machen lässt und selbst einfach zuguckst, spricht alles dafür«, sagt Lasse grinsend und versucht, sich einen Kuss von ihr zu stehlen.

Mama lacht und weicht seinem Kuss aus. Ich glaube, sie findet es peinlich, dass Kristin und ich zuschauen. Wenn Lasse und sie allein sind, hat sie überhaupt nichts gegen einen Kuss. Ich weiß das, ich habe sie schon ein paar Mal dabei überrascht.

Es ist aufregend zu sehen, wie sich der Stall von einem baufälligen Schuppen voller Gerümpel in ein prachtvolles Heim für unsere Pferde verwandelt. Mir läuft ein glücklicher Schauer über den Rücken, wenn ich mir ansehe, wie toll das wird. Die neue rote Farbe an den Außenwänden leuchtet und lässt schon von weitem erkennen, dass dieser Stall bewohnt ist, jawohl! Drinnen sind Decke und Wände weiß. Die Boxen haben wir dunkelbraun angemalt. Die Sonne scheint durch die frisch geputzten Fenster und malt spielerische Schatten an die Wände. Mitten zwischen die Boxen hat Lasse zwei Ständer für Sattel und Zaumzeug gezimmert. Darunter sollen unsere Eimer mit dem Pflegezubehör stehen.

Hin und wieder geht Lasse ins Haus. Jedes Mal, wenn er zurückkommt, sieht er bedrückter aus. Wenn Mama fragt, was er hat, zuckt er bloß mit den Schultern.

»Ach nichts. Ist nur was in der Arbeit.«

Aber schließlich kommt doch heraus, dass sehr wohl etwas nicht stimmt. Sonst ist Lasse fast immer gut gelaunt, aber jetzt ist seine Stirn ärgerlich gerunzelt und er gibt jedes Mal wieder der Stalltür einen Tritt.

»Lasse, hör auf. Jetzt sag endlich, was los ist«, sagt Mama mit ihrer entschlossensten Stimme.

Lasse breitet hilflos die Arme aus.

»Wir haben ein Problem. Ich habe schon überall angerufen, aber es gibt niemanden, der Heu und Stroh verkauft. Jedenfalls nicht zu einem vertretbaren Preis.«

»Du machst Witze. Heu ist doch überall zu kriegen«, sagt Mama.

»Das dachte ich auch. Aber die Heuernte war im letzten Sommer offenbar schlecht, also gibt es viel weniger als sonst. Die Preise dafür sind astronomisch, mindestens das Doppelte, was sie sonst verlangen. Ich weiß wirklich nicht, wo ich das Geld hernehmen soll, um das zu bezahlen.«

Kristin und ich starren uns an. Was, wenn wir unsere Pferde nicht kriegen, bloß weil ihr Futter zu teuer ist?

»Das müssen wir doch irgendwie hinkriegen. Ich kenne unheimlich viele Leute. Überlass es mir, mich darum zu kümmern«, sagt Mama und läuft hinauf zum Haus.

Wir bleiben in dem frisch renovierten Stall zurück, der vor Sauberkeit nur so glänzt. Ich schüttle die Bedenken ab wie ein Hund. Mama hat Recht. Natürlich kriegen wir ein bisschen Heu und Stroh, das wird schon klappen.

»Keine Zeit zum Faulenzen. Wir müssen den Heuboden noch in Ordnung bringen und anschließend die Weide einzäunen«, sagt Lasse und lacht sein Sklaventreiberlächeln.

Kristin und ich stöhnen auf. Noch mehr Arbeit. Aber wir wissen ja, dass es für Star und Olle ist, damit sie hier einziehen können. *Wenn* sie denn hier einziehen können. Nein, so etwas darf ich nicht denken.

Über dem Stall ist ein großer Boden mit Platz für Heu und Stroh. Im Stallgiebel befindet sich eine große Luke, durch die werden die Heuballen hereingebracht, und durch eine Öffnung im Boden kann man die Ballen dann direkt hinunter in den Stall werfen. Um auf diesen Boden zu kommen, müssen wir eine wacklige Leiter hinaufklettern. Mein Magen krampft sich zusammen und der Stallboden dreht sich unter mir. Vor großer Höhe habe ich schon immer Angst gehabt. Ich begreife nicht, wie Leute irgendwo hoch hinaufklettern können, nur um anschließend nach unten zu sehen. Ich finde es viel besser, unten auf der Erde zu stehen und nach oben zu schauen.

Oben auf dem Heuboden liegt der Staub von vielen Jahren. Also heißt das für uns, die Schrubber wieder herauszuholen. Wir arbeiten, dass der Schweiß nur so strömt. Aber plötzlich unterbreche ich die Arbeit. Durch die Öffnung im Giebel sehe ich, wie Mama auf den Stall zukommt. Sie sieht nicht gerade fröhlich aus. Mein Hals wird ganz trocken vor lauter Unruhe.

»Du hattest Recht, Lasse«, sagt Mama, nachdem sie zu uns heraufgeklettert ist. »Niemand hat noch Heu übrig. Was machen wir jetzt?«

Ja, was machen wir jetzt? Wir können keine Pferde kaufen, wenn wir kein Futter für sie haben, das verstehe sogar ich.

»Vielleicht können wir ein bisschen Heu von dem Mann kriegen, von dem wir die Pferde kaufen?«, schlage ich vor. »In ein paar Monaten wächst draußen genug Gras, das die Pferde fressen können.«

»Das geht nicht, das siehst du doch wohl ein, oder?«, sagt Mama entschieden. »Was soll der Mann denn von uns halten? Man kann ja wohl nicht zwei Pferde kaufen, wenn man nicht genügend Futter für sie hat. Ich würde niemandem, der mir damit kommt, ein Pferd überlassen.«

Das alles ist dermaßen bescheuert, dass ich es kaum fassen kann. Der Traum vom eigenen Pferd scheitert daran, dass es an Heu fehlt. Wir haben einen neuen Stall, aber keine Pferde. Alle Arbeit umsonst. Wir setzen uns alle vier auf den Fußboden und sehen uns ratlos an.

»Es muss gehen. Es *wird* gehen«, ruft Mama immer wieder aus.

»Ja, aber wie?«, sagt Lasse.

Als wir am Tiefpunkt der Verzweiflung angelangt sind, ist plötzlich ein tuckerndes Geräusch zu hören.

»Was ist das?«, fragt Mama.

»Ach, das ist wohl nur der Nachbar, der mit seinem Traktor fährt«, antwortet Lasse gleichgültig.

Aber das Geräusch kommt näher und wird immer lauter.

»Vielleicht will er sich ja was ausborgen«, meint Lasse.

»Sieh doch nur! Da ist er. Ob der uns was verkauft?«, ruft Mama voller Hoffnung.

Lasse schüttelt den Kopf.

»Er züchtet Schweine. Etwas Schweinefutter könnten

wir von ihm wohl kriegen. Aber Heu hat der bestimmt nicht.«

Ich schaue mir den Mann genau an, der da auf unser Haus zu kommt. Er hat einen blauen Overall an und eine Baseballkappe auf dem Kopf. Deshalb erkenne ich ihn auch erst, als er ganz dicht dran ist.

»Das ist gar nicht der Nachbar, seht ihr das nicht? Das ist Papa!«, rufe ich und winke.

Papa schaut zu mir hoch und winkt ebenfalls.

»Hallo, Lisa! Wollt ihr das Heu dort oben hin haben?«

»Ja, wenn wir nur Heu hätten!«, rufe ich zurück.

Papa nimmt die Kappe ab und fächelt sich damit Luft zu.

»Ihr habt jede Menge Heu. Ihr braucht nur anzupacken und es hochzubringen.«

Was hat er gesagt? Ich verstehe überhaupt nichts mehr. Mama, Lasse und Kristin machen ebenso verständnislose Gesichter.

»Jetzt kommt runter und helft. Ich kann nicht so dicht an den Stall fahren«, ruft Papa.

Schnell steigen wir die Leiter hinunter und folgen Papa. Auf dem Hof steht ein Traktor mit einem Anhänger voller Heu. Wir können nur staunen.

»Was soll das Ganze?«, fragt Mama misstrauisch.

»Na, Pferde brauchen doch Heu, oder?«, sagt Papa.

Mama erstarrt.

»Du solltest inzwischen gemerkt haben, dass ich deine Hilfe nicht brauche. Ich komme sehr gut alleine zurecht!«, faucht sie.

Ich mache die Augen zu, damit ich ihren Streit jedenfalls nicht mit ansehen muss. Warum kann sie eigentlich nie aufhören, Papa zu beschimpfen, egal, was er macht? Da kommt er her und löst alle unsere Probleme, und trotzdem kann sie es nicht lassen, ihn fertig zu machen. Kann sie sich nicht ausnahmsweise mal beherrschen? Das Ganze ist besonders peinlich, weil Lasse und Kristin dabei sind.

»Das hat doch gar nichts mit dir zu tun«, sagt Papa ruhig und schiebt Mama beiseite.

Dann kommt er zu mir.

»Ich habe die ganze Zeit ein schlechtes Gewissen gehabt, seit wir das letzte Mal miteinander geredet haben. Natürlich möchte ich dir helfen, ein eigenes Pony zu bekommen, wo die Gelegenheit so günstig ist. Tut mir Leid, dass ich so dumm reagiert habe, aber ich hatte ein bisschen Angst, musst du wissen.«

»Angst? Wovor?«, frage ich.

»Na ja, dass du die ganze Zeit bei deinem Pony sein willst und keine Lust mehr hast, mich zu besuchen.«

»Aber natürlich werde ich dich weiterhin besuchen, das ist doch wohl klar.«

»Das hoffe ich sehr«, sagt Papa.

Dann wendet er sich an Mama.

»Nita, ich bin absolut überzeugt, dass du es ganz alleine schaffst, Lisa ein Pferd zu kaufen. Aber ich würde mich freuen, wenn ich mich jedenfalls ein bisschen daran beteiligen dürfte. Wärst du damit einverstanden?«

Ich halte die Luft an. Wird Mama weiterhin fauchen wie eine wütende Katze und alles kaputtmachen, oder wird sie es nicht? Sie scheint zu zögern. Schließlich lacht sie auf.

»*Du* kannst Traktor fahren? Davon hatte ich keine Ahnung.«

»Ich auch nicht«, sagt Papa erleichtert. »Bis hierher ging es ganz gut. Aber rückwärts an den Stall zu fahren traue ich mich nun doch nicht. Es wäre schade, wenn ich die Giebelwand von so einem hübschen Häuschen einreißen würde.«

»Lass mich das machen«, sagt Lasse und klettert auf den Traktor.

Mit sicherer Hand wendet er den Traktor mit dem Hänger und fährt den ganzen Weg bis zum Stall rückwärts, als wäre es die leichteste Übung der Welt.

»Der versteht sein Handwerk, das muss ich schon sagen«, sagt Papa bewundernd.

Das ist das Erste, was er jemals über Lasse gesagt hat. Bisher hat er immer so getan, als ob Lasse nicht existiert, obwohl er sicher den Verdacht hat, dass Lasse und Mama mehr sind als nur Freunde. Oder vielleicht genau deswegen.

Ein paar Stunden später haben wir das ganze Heu auf den Heuboden gebracht, und im Stall riecht es jetzt nach Sommer anstatt nach Staub. Mama und Lasse sind ins Haus gegangen, um Essen zu machen. Papa ist wieder losgefahren, um auch noch eine Ladung Stroh zu holen. Wenn er zurückkommt, wollen wir alle zusammen essen. Es ist das erste Mal seit der Scheidung, dass ich mit Mama *und* Papa zusammen Mittag esse. Ich frage mich, ob sie es hinkriegen, friedlich zu bleiben. Vielleicht klappt's ja. Als wir das Heu auf den Boden brachten, haben sie sich kein einziges Mal gestritten. Ein großer Fortschritt.

Kristin und ich liegen auf dem Rücken im Heu und sehen zum Giebel hinauf. Die Sonne scheint herein und vom Dach tropft es. Ich strecke mich. Der Rücken tut weh und die Arme sind ganz lahm nach der schweren Arbeit. Aber das macht nichts. Jetzt haben wir einen tollen Stall und so viel Heu, dass es bis zum Sommer reicht. Das Einzige, was noch fehlt, sind die Pferde. Aber in zwei Tagen werden sie gebracht. Dann fängt mein neues Leben an. Mein Leben als Pferdebesitzerin.

Wie wird es wohl werden, wenn Olle und Star erst wirklich da sind? Lies weiter in
»Lisa und die Pferde« Band 3:

Lisa Andersson, Pferdebesitzerin

(ISBN 3-440-08803-0)

Endlich! Lisa bekommt ein Pferd. Aber was ist nur mit Star los? Lisa beißt die Zähne zusammen und tut alles für ihn, doch die Gemeinheiten von Lotta kann sie nicht auf sich sitzen lassen:

Langsam geht mir ein Licht auf. Die merkwürdige Stimmung in der Schule. Das ganze Gekicher und Getuschel hinter meinem Rücken. Die plötzliche Kälte überall und Anna, die mir ausweicht. Nein, das kann nicht sein. Nicht Anna.

»Hat Anna das alles gesagt?«, frage ich mit dünner Stimme.

Lotta grinst wieder.

»Was meinst du?«

»Ist es Anna?«, schreie ich.

Ich kann es einfach nicht glauben. Anna kann nicht über mich hergezogen sein, so dass alle in der Schule es gehört haben. Nein, das ist unmöglich. So gemein kann sie einfach nicht sein.

»Als du Sigge gekauft hast, wolltest du, dass ich traurig und neidisch bin. Aber ich bin weder traurig noch neidisch, kapiert? Kein Stück. Star ist das beste Pony auf der ganzen Welt«, sage ich.

Lotta kringelt sich vor Lachen und zeigt höhnisch auf Star.

»Dieser Haufen Knochen? Bist du sicher, dass er überhaupt ein Pferd ist? Der taugt doch nicht mal zur Wurst! Hör mal, meine Liebe, ich gebe dir einen guten Rat. Wenn du deine Freundinnen behalten willst, solltest du sie nicht beschuldigen, dass sie die Pferde anderer Leute kaputt reiten.«

Sie sieht mich triumphierend an. Mir ist, als hätte ich einen Tritt in den Bauch bekommen. Jetzt gibt es keinen Zweifel mehr. Keiner außer Anna weiß von der Schramme, die Olle bekam, als sie mit ihm Galopp ritt. Und nur Anna habe ich erzählt, dass ich manchmal das Gefühl habe, Papa macht sich nichts mehr aus mir. Sie muss es gewesen sein, die es Lotta erzählt hat.

»Ich habe gehört, dass du dich auch nicht traust, Galopp zu reiten«, sagt Lotta lauernd.

»Das tue ich wohl!«, fauche ich.

»Beweise es! Wir machen ein kleines Galopprennen, nur du und ich. Falls du dich traust und dein Gaul einen Galopp überhaupt aushält«, höhnt Lotta.

»Beachte sie nicht. Sie ist es nicht wert«, mahnt Kristin neben mir.

»Du bist zu feige dazu. Hab ich's doch gewusst«, lacht Lotta.

Dann wendet sie Sigge und schlägt ihm die Hacken hart in die Flanken. Sigge springt los wie aus der Pistole geschossen. In meinem Kopf brodelt alles durcheinander. Was Lotta denkt und was sie von mir hält, ist mir egal. Aber Anna! Wie konnte sie nur? Sie muss krank sein vor Neid, dass sie mir so etwas antut. Ich bin so aufgewühlt, dass ich zittere. Lottas höhnisches Gelächter hallt wie ein Echo in mir wider, und ohne darüber nachzudenken, warum ich es tue, nehme ich die Verfolgung auf.

Lotta und Sigge haben inzwischen einen ziemlichen Vorsprung. Sigges prächtiger Schwanz weht ein ganzes Stück den Weg hinunter vor mir. Lotta steht in den Steigbügeln und schaut über die Schulter zurück, ob ich es wage, ihr zu folgen. Als sie sieht, dass Star sich von hinten nähert, treibt sie Sigge mit der Gerte und mit Schenkelschlägen an. Normalerweise finde ich es ein bisschen unheimlich, Höchsttempo zu galoppieren. Aber jetzt bin ich zu wütend, um Angst zu haben. Ich sehe Lottas breiten Hintern vor mir und hasse sie.

Ich habe Sigge oft genug geritten, um zu wissen, wie schnell er ist. Star hat sicher keine Chance gegen ihn. Aber ich merke, wie viel Kraft und Willen in seinem mageren Körper steckt. Als er seine langen Beine richtig ausstreckt, geht es wahnsinnig schnell voran. Wir holen Meter für Meter auf. Tannenzweige schlagen mir ins Gesicht, das Tempo raubt mir fast den Atem, aber ich kümmere mich nicht darum. Ich habe nur ein einziges Ziel: Ich will Lotta einholen. Was ich danach machen werde, weiß ich nicht.

Als Lotta wieder über die Schulter schaut, sind Star und ich direkt hinter ihr. Langsam, ganz langsam zieht Star an ihre Seite. Der Weg ist hier eigentlich zu schmal für zwei Pferde nebeneinander. Lottas und meine Knie reiben aneinander, als unsere beiden Pferde Seite an Seite kämpfen. Die Hufe donnern auf dem Boden. Vor uns mündet der Weg in eine Wiese, und beide Pferde steigern das Tempo noch mehr.